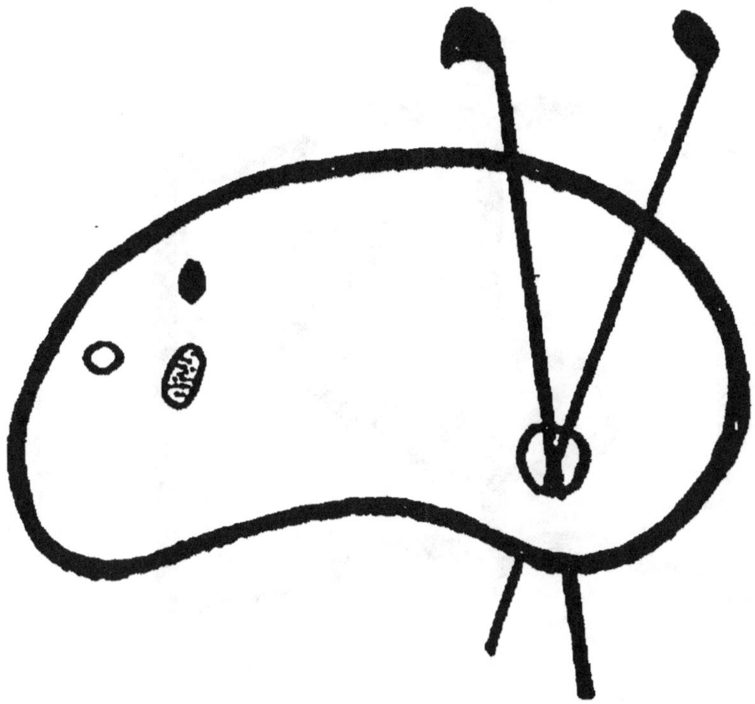

COUVERTURE SUPERIEURE ET INFERIEURE
EN COULEUR

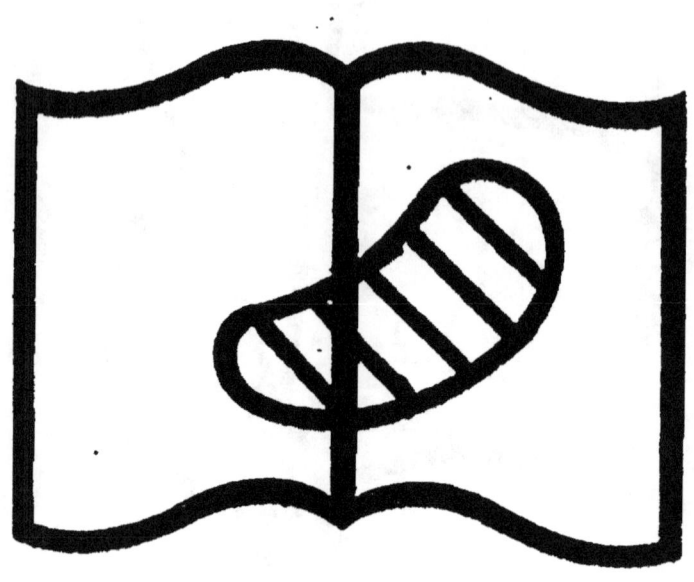

Alphonse Brot

LA

TERRE PROMISE

I

HIPPOLYTE SOUVERAIN, Éditeur.

LAGNY. — Imprimerie de VIALAT et Cie.

LA

TERRE PROMISE

I

LAGNY. — Imprimerie de VIALAT et Cie.

LA
TERRE PROMISE

PAR

Alphonse Brot

I

PARIS. — 1849

HIPPOLYTE SOUVERAIN, ÉDITEUR

RUE DES BEAUX-ARTS, 5

I.

Le n° 23 de la rue Saint-Lazare.

La rue Saint-Lazare n'était point dans les dernières années du siècle passé ce qu'elle est aujourd'hui. A l'exception de quelques hôtels, debout encore en 1846, on ne rencontrait dans toute son étendue que de pauvres maisons, sombres, enfumées, tristes, malsaines. Le splendide quartier Saint-Georges, où maintenant se croisent de belles rues larges et aérées, était alors un vaste champ désert; l'extrémité du faubourg Montmartre contiguë à la rue Laffitte, une longue suite de marais, et la rue des Martyrs, occupée en partie par des cabarets où les ouvriers venaient boire et danser le dimanche, semblait une succursale de la barrière dont elle porte encore le nom.

Dans les premiers jours du mois de juin de l'année 1796, l'une des masures les plus délabrées de la rue Saint-Lazare offrait aux regards un douloureux spectacle. Posées sur des tréteaux dont la couleur brune avait déteint, deux bières recouvertes de draps noirs troués en plusieurs endroits, indiquaient que cette pauvre maison avait perdu deux de ses habitants. L'allée qui conduisait à l'unique escalier de ce bâtiment, dont la fondation devait remonter à deux cents ans, était si étroite que les bières, qui se touchaient presque, n'auraient point laissé de place pour entrer ou pour sortir, même en marchant de biais.

Derrière l'une de ces bières se tenait, debout et pâle, un jeune homme de vingt ans à peine; derrière l'autre, sanglotait, agenouillée et les mains jointes, une toute jeune fille, — presque encore une enfant.

A une heure de là, Madeleine Duval — ainsi s'appelait la jeune fille — suivait à pied, sous une pluie battante, sa bonne vieille grand'mère à l'église Saint-Jean, et de l'église au cimetière Montmartre; et André Morin — c'était le nom du jeune homme — escortait également le cercueil qui renfermait son père, à l'église, et de l'église à sa dernière demeure.

Madeleine, depuis le départ du convoi de la maison mortuaire, n'avait versé qu'une larme: elle avait coulé pendant tout le trajet.

Arrivé à la porte du cimetière, le corbillard s'était arrêté devant une fosse fraîchement creusée; deux hommes y firent glisser la bière de M. Morin, puis ils jetèrent dessus quelques pelletées de terre, — et tout fut fini. Alors André poussa un cri dans lequel semblait avoir passé toute son âme; ses grands yeux effarés et sans larmes s'abaissèrent une dernière fois sur l'étroit espace où devait pour toujours dormir son pauvre père, et, tombant à genoux au bord de la fosse, il murmura d'une voix éteinte: Adieu! adieu! adieu!

Les deux orphelins, leur triste devoir accompli, regagnèrent lentement et solitairement le numéro vingt-trois de la rue Saint-Lazare. Là, ils s'enfermèrent; l'un dans la chambre où la veille au matin encore il avait pressé la main mourante de son père; l'autre dans la demeure où, deux jours auparavant, son front s'était religieusement incliné pour recevoir la bénédiction de sa grand'mère.

Madeleine était une gracieuse jeune fille blanche et rose. Ses traits, ainsi que les formes délicates de son corps, avaient cette indécision charmante qui participe tout à la fois de la puberté qui commence et de l'enfance qui finit. On eût cru à la voir, que récemment taillée par un ciseau savant, Galathée nouvelle, elle s'animait, et que la lutte entre le marbre et la femme n'étant pas achevée, elle ne vivait pas encore, mais allait bientôt éclore à la vie.

Trois ans avant l'époque où nous l'avons trouvée pleurant derrière un cercueil, Madeleine était venue s'établir avec sa grand'mère dans l'une des plus pauvres chambres de cette maison. Leur mobilier ne se composait alors que de deux couchettes, d'un buffet, d'une table et de deux chaises. Le propriétaire les avait presque reçues par charité. A six mois de là,

Madeleine Duval, à force de courage et de travail, était la première ouvrière de son magasin de lingerie, et elle gagnait cinquante-cinq sous par jour. A partir de ce moment, l'aisance, dans leur petit intérieur, remplaça la misère.

A la fin de la seconde année, un joli papier vert, uni, bien frais, recouvrait les murailles de leur logement. Des rideaux de mousseline surmontés de grands rideaux blancs ornaient la croisée; près de la cheminée était une toilette en noyer; une commode du même bois, bien luisante, avait détrôné le mauvais buffet qui avait longtemps servi à serrer leurs humbles vêtements des dimanches; quatre chaises, un fauteuil et deux lits, également en noyer, complétaient l'ameublement de leur mansarde. Tout cela, pour d'autres, n'eût pas été du luxe, pour elles c'était toute une richesse. Aussi, comme Madeleine entourait de soins et d'amour son petit mobilier! Comme, chaque matin, elle l'essuyait avec précaution, et qu'elle prenait garde, le soir en rentrant, de tacher le carreau de sa chambre récemment mis en couleur! Comme le cœur lui battait lorsqu'elle se retrouvait auprès de sa grand'mère, dans ces vingt pieds carrés, au cinquième étage, son paradis sur la terre. Et le jardin qu'elle s'était construit sur sa fenêtre, il fallait voir avec quelle joie elle le contemplait en se levant! son bonheur enfantin à respirer ses fleurs écloses sous ses yeux et sous sa main, et à leur dire bonsoir, en les appelant chacune par son nom.

Si Madeleine eût été seule, tous ses désirs se seraient bornés à vivre et à mourir dans cette chambre; mais un jour sa grand'mère lui avait dit, en venant la chercher à son magasin :

— Quand donc, Madeleine, auras-tu à toi un beau magasin comme celui-ci?

Et, depuis cet instant, Madeleine s'était prise, mais par tendresse uniquement pour sa grand'mère, à rêver un magasin qui fût à elle. Pauvre enfant! son bonheur ne devait pas être de longue durée.

Mme Duval tomba malade. Madeleine dit en pleurant adieu à ses doux rêves; elle négligea ses fleurs tant aimées, et ses fleurs moururent: elle recourut à ses épargnes amassées au prix de tant de veilles, et ses épargnes disparurent. Bientôt l'état de sa grand'mère lui fit un devoir de ne pas la quitter, et elle n'alla plus à son magasin. Les instants qu'elle dérobait à son sommeil, elle les employait à travailler; mais ce travail ne suffisait point pour acheter ce que prescrivait le médecin, alors il lui fallut vendre, un à un, ses meubles; elle les vit passer d'un œil sec de sa chambre dans la boutique d'un brocanteur, car elle espérait toujours que sa bonne grand'mère recouvrerait la santé. Mais quand elle n'eut plus de meubles, mais lorsqu'elle eut détaché ses rideaux pour les vendre à bas prix, mais lorsqu'elle eut mis en gage sa robe du dimanche, avec sa petite croix d'or, sans que la malade se rétablit, elle fondit en sanglots. Elle n'espérait plus.

Quinze jours plus tard, Madeleine était orpheline.

La douleur qu'elle ressentit de la mort de Mme Duval n'est point de celles qui puissent s'analyser. Madeleine ne reparut à son magasin qu'à deux mois de ce douloureux événement. Elle était si changée alors, que ses anciennes camarades d'apprentissage ne la reconnurent point d'abord. Peu à peu, cependant, la pâleur de son visage s'effaça, ses joues redevinrent roses, ses regards reprirent leur éclat d'autrefois, mais le désespoir n'était point sorti de son cœur.

André Morin, le lendemain du jour où, agenouillé sur le bord de la fosse de son père, il lui avait dit un éternel adieu, s'en était retourné à son ouvrage comme de coutume, et ni une larme tombée de ses yeux, ni un soupir exhalé de sa poitrine, ni une parole échappée de sa bouche, n'avaient trahi sa douleur.

— Pauvre André, avait dit le maître mécanicien chez lequel il travaillait, il faut qu'il souffre bien pour paraître aussi calme !

André, en effet, était un de ces hommes rares et souvent incompris, qui cachent un cœur chaud et les affections les plus tendres et les plus dévouées sous la glace dont ils s'enveloppent. D'un caractère peu enthousiaste, il se surprenait difficilement à aimer; mais quand il aimait, c'était pour toujours. Dès l'âge de huit ans il avait perdu sa mère, et n'ayant plus que son père sur la terre, la tendresse dont il l'entourait, supérieure aux ordinaires affections de ce monde, était presque une religion.

L'année qui suivit la mort de Mme Duval et de M. Morin s'écoula bien lentement et bien tristement pour les jeunes orphelins. Tous deux, par un respectueux sentiment d'amour, n'avaient pu se décider à quitter la maison qui renfermait, pour ainsi dire, entre ses quatre murailles, les débris de leur félicité passée; et, de ce culte tacit rendu à la mémoire de ceux qu'ils pleuraient, naissait l'occasion de bien des regrets et de bien des désespoirs. Souvent Madeleine, sa journée finie, cherchait un allégement à sa douleur dans la lecture de livres instructifs et moraux. André, lui, se réfugiait le soir et une partie de ses nuits dans l'étude de la géométrie et des arts mécaniques. L'amour de la science peu à peu se fondit, sans pourtant l'altérer, dans celui qu'il avait voué à son père.

Le temps n'était pas éloigné où un troisième amour, bien différent des deux autres, allait s'emparer de sa vie pour y régner désormais sans partage.

II.

Les deux Anniversaires.

Le 7 juin 1797, vers le midi, un jeune homme, dont le costume tenait le milieu entre celui de l'artisan et celui du bourgeois, venait d'entrer dans le cimetière Montmartre. Arrivé aux deux tiers de la grande allée que nous voyons encore aujourd'hui, il tourna brusquement à gauche, s'engagea dans un sentier bordé de pins, d'ifs et de saules pleureurs. Ce jeune homme marchait si absorbé dans ses pensées, qu'il n'aperçut point, le précédant à peu de distance, une jeune fille qui suivait la même route que lui. Quand cette jeune fille eut atteint l'extrémité du sentier, elle se glissa rapidement dans une petite vallée solitaire et disparut. Peu de temps après, le jeune homme s'arrêtait dans la même vallée, regardant autour de lui.

L'aspect de ce vallon avait quelque chose de pittoresquement sauvage. Des sycomores ici, là des cyprès, plus loin des accacias, et à droite, à gauche, devant, derrière, serrées, pressées, entassées, des pierres tumulaires noircies, ébréchées, brisées, dont le pas des hommes et le temps avaient usé en partie les inscriptions. De ce côté, des treillages rompus; de l'autre, des croix gisant parmi des ronces ou de hautes herbes; — et, du milieu de ce lieu où de toutes parts se révélait la destruction sous des formes imposantes et terribles, s'élevaient mille joyeux gazouillements d'oiseaux qui s'ébattaient dans l'épaisse feuillée; et à travers les rameaux des sycomores et des accacias, arrivaient, par tièdes et odorantes bouffées, comme des brises d'un autre monde. Vous aviez fait dix pas à peine dans cette vallée, que vous vous sentiez saisi d'un complet détachement de la terre, et votre pensée se réfugiait en Dieu, d'un élan spontané.

Le jeune homme qui venait de s'arrêter, après avoir un instant interrogé du regard le lieu où il se trouvait, s'engagea bientôt à travers cet amas confus d'herbes, de treillages, de pierres tumulaires. A quelques minutes de là, on le vit agenouillé et priant sur une pierre où se lisait écrit en lettres noires : *Jean Morin.*

Séparée d'André par une tombe seulement,

et comme André agenouillé, la jeune fille qui était entrée presque en même temps que lui dans le cimetière Montmartre, priait également ; ce n'était point sur une pierre, mais contre une croix de bois qui portait pour inscription : *Marceline Duval.*

La prière des deux jeunes gens dura longtemps ; et si fervent était leur recueillement, que ni l'un ni l'autre n'avait remarqué qu'ils n'étaient point seuls. Tout à coup André redressa la tête ; un sanglot douloureux venait d'arriver jusqu'à lui.

Le bruit qu'il fit en se redressant interrompit ce sanglot, et du milieu du feuillage voisin lui apparut une figure pâle, effrayée. Les yeux d'André et de Madeleine se rencontrèrent. Madeleine jeta un cri en se levant brusquement. Cependant André, remis de sa surprise et les regards tournés vers la jeune fille dont l'apparition avait interrompu sa prière, lui fit de la main un geste suppliant, comme pour lui dire de ne rien craindre. Et Madeleine, rassurée par la touchante expression de ce muet langage, s'agenouilla de nouveau devant la petite croix de bois sous laquelle reposait Marceline Duval.

André, lui aussi, s'agenouilla de nouveau comme Madeleine. Comme elle, il voulut continuer sa prière; mais quelque effort qu'il tentât, ses regards se reportaient involontairement vers la jeune fille dont il n'était séparé que par une tombe, et ses lèvres distraites se fermaient à tout moment pour les reprendre plus tard, sans les achever jamais, les paroles qu'elles avaient commencé de murmurer. Que se passait-il donc en lui? Il ne s'en rendait pas compte lui-même. Ce visage, dont la beauté avait un caractère si gracieux, il était certain de l'avoir déjà contemplé; mais ses vagues souvenirs ne pouvaient préciser ni le lieu ni l'époque de cette rencontre première. Était-ce dans son enfance, — ou depuis la mort de son père? Était-ce un matin, ou dans la journée, — ou le soir à la veillée, — ou bien plutôt une nuit qu'il avait rêvé d'anges? Le doute tout seul répondait à ces diverses questions qu'il s'adressait.

Madeleine, sa prière terminée, se leva. Elle passa à côté d'André, laissa tomber sur lui, en signe d'adieu, un sourire tout à la fois reconnaissant et triste, s'éloigna et sortit de la vallée.

André la suivit du regard jusqu'à ce qu'il l'eût perdue de vue, et à mesure qu'elle s'éloignait, un froid étrange et douloureux entrait plus avant dans son cœur. Quand il ne la vit plus, un soupir long-temps comprimé s'échappa de sa poitrine. Il demeura plusieurs minutes à regarder le sentier par où elle avait disparu, — s'attendant peut-être à la voir reparaître.

Madeleine ne reparut pas.

Alors il s'inclina de nouveau, les mains

jointes, devant le petit carré de terre sous lequel la mort avait enfoui toutes ses affections terrestres.

Et quand il reprit le chemin de son atelier, le souvenir de Jean Morin remplissait uniquement sa pensée.

Le lendemain, sur les midi, une vision rapide comme l'éclair traversa son cerveau. Madeleine s'offrit à lui, telle qu'il l'avait vue, à la même heure, pâle et épouvantée d'abord, puis calmée, puis lui souriant de ce sourire des vierges dans quelques tableaux d'anciens maîtres de l'école italienne.

— Eh bien! à quoi rêves-tu, André? dit en lui, frappant sur l'épaule son patron; voilà une heure que tu laisses reposer la besogne.

— C'est pourtant vrai, répondit André en se remettant à l'ouvrage.

Huit jours se passèrent.

Le sommeil avait fui les paupières du jeune

ouvrier. Une pensée unique l'occupait, l'absorbait, le dominait : elle semblait incarnée en lui. Tantôt revêtant une forme, elle prenait une voix et murmurait à son oreille de mystérieuses paroles ; tantôt, à demi cachée par l'obscurité, cette forme glissait dans les allées du cimetière Montmartre, lui souriait de loin, et du geste l'invitait à venir s'asseoir à ses côtés, entre deux tombes. Deux semaines s'écoulèrent encore, et le mal inconnu dont il était consumé augmentait de jour en jour.

Un dimanche, voulant distraire sa pensée par la fatigue de son corps, il entreprit une excursion dans les campagnes avoisinant Paris, et dès que le soleil se fut levé, il se mit en route. Après une marche de quatre heures environ, il gravit à petits pas une montagne qu'il n'avait jamais vue, et sur laquelle était assise une ville.

Parvenu à son sommet, le magnifique panorama que l'œil embrasse de la terrasse de Saint-

Germain lui apparut comme un monde féerique. Il s'arrêta pour regarder et admirer. — Il était sept heures. — D'odorantes émanations s'échappaient des gazons où tremblaient, comme autant de perles, des gouttes de rosée. Le soleil était à demi voilé dans le ciel par des flots de nuages clairs. Une vapeur bleuâtre s'étendait sur les côteaux que couronnaient des frênes, des ormes et des chênes, et dont la base sablonneuse se baignait dans les flots limpides de la Seine. Les fauvettes, les rouges-gorges, les verdiers, les bouvreuils faisaient entendre leur chant cadencé; mille petits bruits confus s'élançaient des herbes et des genêts, mille gazouillements des bois et des feuillages. Le ciel était d'un bleu tendre; de longues nuées semblaient ramper au-dessous de son pâle azur, — quelques-unes blanches, d'autres d'un gris noir, d'autres légères et transparentes. Peu à peu le soleil sortit d'entre les nuages qui le cachaient, et colora de reflets lumineux les côteaux environnants ; la vapeur qui enveloppait les campagnes et les salles des collines monta lentement et se perdit dans les teintes bleu tendre du ciel. Les oiseaux redoublèrent leur ramage ; une brise tiède souleva les cimes rouges, jaunes et vertes des chênes, des ormes et des frênes ; tout dans la nature devint vie et rayonnement.

André, après avoir contemplé dans une muette extase ce sublime spectacle, s'en arracha brusquement. Il redescendit la montagne, reprit le chemin de Paris, et midi sonnait comme il entrait, poussé par une vague espérance, dans le cimetière Montmartre.

Mais Madeleine n'y était point.

Alors il s'agenouilla sur la tombe de Jean Morin. Quand il se releva, il se sentit plus calme. Il regagna sa demeure ; au moment où il ouvrait sa porte, une porte voisine s'ouvrit sur son carré, et une jeune fille, qui tenait à la main un livre de prières, sortit. André se retourna. Son visage aussitôt se couvrit de pâleur, ses yeux étonnés s'agrandirent. Il voulut parler, mais la parole expira sur ses lèvres.

Madeleine lui adressa, comme à leur précédente rencontre, un sourire rempli de douceur et de tristesse, descendit l'escalier, et André, immobile de joie et de saisissement, ne songea point à la rejoindre.

Il rentra bientôt dans sa chambre, prit un livre et le parcourut sans y rien comprendre. Au moindre bruit qui venait de l'escalier, il quittait sa chaise, et, tout tremblant, il se rapprochait de la porte et l'ouvrait, d'un mouvement convulsif, toute grande. Une heure se passa de la sorte. Au bout de ce temps, des pas légers et rapides glissèrent sur l'escalier. André sentit une sueur froide l'inonder, un voile couvrit ses paupières, ses jambes fléchirent sous son corps, il posa sa main contractée et brûlante sur le pêne de la serrure, il fit un pas.

Il était de nouveau devant Madeleine.

— Mademoiselle, balbutia-t-il en baissant les yeux, mademoiselle....

Madeleine s'était arrêtée.

André ne put en dire davantage.

A demi fou, il rentra brusquement chez lui et s'enfermá à double tour.

— Pauvre jeune homme! pensa Madeleine, c'est le chagrin d'avoir perdu son père qui a sans doute troublé sa raison.

Et elle adressa à Dieu, du fond de son cœur, une prière pour André.

III.

La Préface d'un Roman.

— Comment, il y a quatre ans que vous demeurez dans cette maison, sur ce carré, dans cette chambre? disait, un soir qu'ils étaient réunis, André à Madeleine Duval.

— Quatre ans et demi, monsieur André.

— Et dire que jamais, avant notre rencontre au cimetière, je ne vous avais aperçue!

— Jamais! interrompit la jeune fille d'un air de doute; votre mémoire, monsieur André, n'est guère fidèle.

La physionomie du jeune homme prit une expression méditative qui n'échappa point à Madeleine.

— J'en étais bien sûr, dit-il après un court silence, et cependant j'ai cherché en vain à plusieurs reprises où vous m'étiez apparue, je n'ai pu y parvenir.

La voix de Mlle Duval devint triste en ce moment; son joli visage se couvrit de pâleur, dans ses yeux brilla une larme.

Et elle répliqua.

— Le jour où nous nous sommes rencontrés pour la première fois ne sortira jamais de mon souvenir!

— Achevez, achevez, dit avec émotion

André se méprenant sur le sens de ces paroles.

Il lui prit doucement la main; elle ne songea point à la retirer d'entre les siennes, et elle poursuivit en ces termes :

— Il y a de cela quinze mois ; il faisait froid, quoique ce fût l'été; il pleuvait : j'étais sous l'allée de cette maison, à droite; vous étiez également dans la même allée, à gauche.

André, en ce moment, laissa retomber la main de la jeune fille.

— Oui, oui, murmura-t-il, je me souviens ; vous étiez vêtue de blanc, j'étais habillé de noir. Nous étions, vous à droite dans l'allée en entrant, moi à gauche ; vous pleuriez, et moi je priais. Oui, je me le rappelle maintenant. C'était le 8 juin 1796.

— Le 8 juin, répéta Madeleine.

— Oh ! tenez, parlons d'autre chose, dit

André en portant une main à son front.

— Pauvre grand'maman Marceline ! reprit la jeune fille en se cachant le visage.

— Pauvre père ! fit André en essuyant une larme qui avait coulé sur sa joue.

Puis, se rapprochant de Madeleine :

— Eh bien ! voilà que vous pleurez, lui dit-il : voyons, calmez-vous ; vos regrets ne rappelleront pas votre grand'mère à la vie ; ayez du courage, faites comme moi, résignez-vous.

Et tout en parlant ainsi, sa voix tremblait. Tout à coup sa poitrine sembla se déchirer dans un long sanglot. Les larmes qui gonflaient ses paupières jaillirent comme deux ruisseaux.

La pâleur d'André était passée sur le visage de Mlle Duval ; elle releva la tête et essaya de lui sourire.

— Ainsi, poursuivit le jeune ouvrier, depuis quatre ans et demi vous habitez sur ce carré? et, il y a un mois, je l'ignorais encore! Mais il ne faut pas m'en vouloir, ajouta-t-il bientôt; je sortais le matin dès les six heures, pour aller travailler, et je ne rentrais que le soir avec mon pauvre....... avec mon père, et nous n'avions le temps ni l'un ni l'autre de connaître nos voisins.

— C'est comme moi, répondit candidement Madeleine; le matin, à sept heures, je m'en allais à mon magasin; le soir je m'en revenais à dix, et sans la circonstance...... dont vous ne voulez pas que je parle, je ne vous aurais jamais aperçu peut-être.

— Mais maintenant que nous savons qui nous sommes, reprit André, maintenant que nous nous connaissons, c'est bien différent; nous nous verrons quelquefois, lorsque vous aurez le temps et que ma journée sera finie ; je vous parlerai de Mme Duval....

— Et moi de M. Morin.

— Et je tâcherai d'adoucir votre douleur.

— J'essaierai de vous consoler ; puis, le dimanche, nous irons au cimetière ensemble dire une prière pour eux.

— Oh! oui, tous les dimanches, fit Madeleine.

André quitta sa chaise, tendit la main timidement à la jeune fille, et d'une voix pénétrante :

— Il est tard, lui dit-il, vous devez avoir besoin de sommeil.

Et les deux orphelins se séparèrent.

André, depuis la mort de son père, avait refoulé au fond de son cœur tous les trésors de tendresse qui y étaient renfermés. Son caractère mélancolique et sérieux avait éloigné de lui presque tous ses compagnons d'atelier, rieurs et bruyants, et il se trouvait pour ainsi dire au milieu d'eux dans un vaste désert. Indifférent à tous, sans préférence pour aucun, souvent André Morin, s'interrogeant, s'était accusé de sécheresse et avait supplié Dieu de le rendre semblable aux autres hommes ; mais, malgré ses efforts pour aimer, son cœur était demeuré inaccessible à tout affectueux sentiment. Enfin un jour, Madeleine lui était apparue, et avec Madeleine toute une vie nouvelle. Un regard de cette jeune fille, tombé par hasard sur lui, avait creusé un abîme entre son passé et son présent. Pauvre, il s'était endormi la veille, et riche il s'éveillait, — riche à n'envier aucun des plus heureux de la terre, maintenant que Madeleine Duval, comme un rayon d'espérance, avait brillé dans sa sombre nuit.

Le sentiment qui l'entraînait vers la jeune fille, mystérieux d'abord, devint bientôt un invincible amour. Le soir, lorsqu'il avait fini son ouvrage, il courait palpitant jusqu'à la rue

Saint-Denis, et, le visage caché par son mouchoir, il passait devant le magasin où Madeleine travaillait. Puis, quand il l'avait bien vue, bien contemplée, bien admirée, il reprenait, le cœur tout en fête, le chemin de la rue Saint-Lazare. Une fois de retour dans sa chambre, il s'asseyait, et d'ineffables visions venaient se poser devant ses yeux fermés. Un coup de marteau connu arrivait-il jusqu'à lui, vite il se levait, entr'ouvait légèrement sa porte, — et, debout et sans haleine, il attendait. Les pas approchaient, et quand Madeleine, parvenue à son troisième étage, se disposait à entrer chez elle, André, la figure épanouie, se montrait à ses regards, lui adressait un timide bonsoir bien respectueux, puis, refermant sa porte, il se couchait, et sa dernière pensée s'en allait retrouver celle qu'il aimait.

Les douleurs s'attirent.

Une douce intimité ne tarda pas à rapprocher les deux orphelins. Rares d'abord, leurs entrevues devinrent plus fréquentes, puis elles eurent lieu tous les jours. André, le matin, avant de partir à son ouvrage, frappait à la porte de Madeleine, qui lui disait :

— Est-ce vous?

— A ce soir, répondait-il.

Le soir, il la rejoignait dans sa chambre, et c'était alors de longues causeries entre un regret donné au passé et un sourire à l'avenir. Quelquefois aussi, pendant que Madeleine laissait courir son aiguille sur une broderie commencée, André lui faisait la lecture, — et ces jours-là souvent, on ne disait adieu que lorsque le jour était arrivé.

Un dimanche qu'André, sous prétexte de se rendre à son atelier pour une besogne pressée, n'avait pas, ainsi que c'était son habitude depuis plusieurs semaines, accompagné Madeleine au cimetière, la jeune fille s'y rendit toute seule.

Parvenue à l'endroit de la vallée, où sous la terre recouverte de gazon seulement et surmontée d'une croix de bois, dormait de son sommeil éternel sa bonne grand'mère, Madeleine éprouva un intraduisible sentiment d'effroi en n'apercevant ni la croix de bois de Mme Duval, ni le gazon sur lequel, le dimanche précédent encore, André avait placé une couronne de fleurs. Puis bientôt, se croyant le jouet d'une erreur qu'elle ne s'expliquait point, elle se prit à examiner plus attentivement les lieux où elle se trouvait.

Elle n'avait point fait dix pas qu'elle lut sur une pierre entourée d'un treillage neuf : *Ici repose Jean Morin.*

— Mais c'est bien ici, pourtant, pensa-t-elle en interrogeant de nouveau du regard les tombeaux et les arbres qui l'entouraient.

Tout à coup un cri, un long cri d'étonnement, sortit de sa bouche, rapide comme un trait; elle s'élança vers un carré de terrain garni d'un grillage, au milieu duquel était une pierre tumulaire nouvellement posée, sur laquelle était écrit au-dessous du nom de Marceline Duval : CONCESSION A PERPÉTUITÉ.

Un nuage de feu brûla ses paupières, elle s'appuya contre un saule; puis, quand revenue de sa stupeur, elle eut encore lu et relu le nom de Marceline Duval sur cette pierre, et qu'à côté, sur le gazon, elle eut retrouvé la couronne d'aubépine qu'André y avait placée huit jours auparavant, alors elle joignit les mains, leva les yeux vers le ciel comme pour le remercier du miracle qu'elle ne s'expliquait point encore et qui frappait ses regards; puis, tombant à deux genoux devant le grillage en fer qui protégeait la tombe de sa mère, elle murmura tout bas une prière qui sans doute remonta vers Dieu.

Ensuite elle se leva, se dirigea vers la tombe de Jean Morin, et s'agenouilla auprès, dans un recueillement religieux.

Puis elle regagna sa demeure, toute préoccupée de ce qu'elle avait vu.

André n'était point de retour encore chez lui.

Une heure plus tard environ, elle entendit sur l'escalier un bruit léger de pas, elle prêta l'oreille; on ouvrit doucement, bien doucement une porte, — celle d'André, — puis on la referma avec les mêmes précautions.

— C'est lui! se dit-elle, il se cache de moi! je ne m'étais point trompée dans mes conjectures.

Elle resserra son ouvrage, et s'en vint frapper à la chambre du jeune homme.

On ne répondit pas.

Elle frappa de nouveau en disant :

— Ouvrez, monsieur André, c'est moi!

Il ouvrit, et baissa les yeux d'un air embarrassé.

— Puisque vous ne venez point me trouver, continua Madeleine, c'est moi qui vous rends visite.

— Je vous supposais absente encore, répondit André Morin sans oser lever les regards sur elle.

— Dites plutôt que vous ne voulez point me voir.

Il balbutia quelques mots.

— Monsieur André, continua la jeune fille, pourquoi ce matin ne m'avez-vous pas accompagnée au tombeau de ma mère?

André, à cette question, éprouva comme un tremblement nerveux par tout le corps, et, sous la teinte bistrée de son visage, on put voir le sang se retirer par degré pour refluer vers le cœur.

Il se fit violence, et il répondit à celle qu'il aimait :

— Je vous l'ai dit déjà, j'avais un travail pressé à terminer.

Madeleine l'enveloppa d'un regard perçant.

— Non, fit-elle, vous n'aviez point de travail pressé à terminer, et je vais vous dire, moi, pourquoi vous avez refusé de me conduire ce matin au cimetière Montmartre.

André releva la tête, et il lut dans les yeux de la jeune fille qu'elle avait deviné ce qu'il aurait voulu en ce moment, au prix de sa vie, pouvoir lui cacher. Et il répliqua d'une voix éteinte :

— Oh! me pardonnerez-vous jamais, Madeleine?

Madeleine répondit avec un accent de reconnaissance qui alla jusqu'au fond du cœur de son amant :

— André, je vous remercie.

— Une fausse honte m'a retenu, poursuivit-il avec effusion ; j'ai eu peur de vos reproches, et voilà pourquoi je ne me suis pas senti le courage de me rendre au cimetière avec vous.

— Ma pauvre grand'mère Marceline a maintenant, grâce à vous, une pierre sur laquelle je pourrai prier pour elle, reprit Mlle Duval ; que Dieu, pour cette noble action, vous bénisse.

André ne répondit rien ; il serra la main de Madeleine.

Quelques mois plus tard, André, qui revenait avec Mlle Duval des prés Saint-Gervais, où ils avaient passé la journée ensemble, lui dit :

— Madeleine, m'aimez-vous ?

Et Madeleine lui répondit aussitôt d'une voix bien douce, mais qu'aucune émotion ne faisait trembler :

— En pourriez-vous douter ?

— Mais je vous demande si vous m'aimez

bien, répliqua le pauvre ouvrier dont la tête brûlait.

— Comme j'aurais aimé un frère, si le ciel m'en eût donné un.

— Rien que comme un frère, murmura-t-il d'un accent qui trahissait la violente agitation de son âme.

— Et comment voulez-vous donc que je vous aime? répliqua naïvement son amie.

— Comme vous aimeriez celui qui devrait être un jour votre mari, répondit André après un léger silence.

Madeleine devint toute rêveuse, et ne prononça pas un mot.

—Ecoutez, poursuivit bientôt le jeune homme, du jour où je vous ai vue, Madeleine, ma vie n'a plus été à moi, elle a été à vous. Vous avez, à votre insu, disposé de mon âme, comme si elle vous appartenait, et à présent je viens vous supplier de consentir à conserver ce pouvoir si doux que vous avez sur mes pensées, sur mes actions, en m'acceptant pour votre époux.

— André, répondit la jeune fille, je ne sais point si je vous aime comme il faut aimer pour devenir la femme d'un homme qu'on préfère à tous les autres; attendez quelque temps encore, et si dans un an vous croyez encore que je puisse vous rendre heureux, eh bien! nous verrons.

— Oui, Madeleine, j'attendrai un an, reprit André Morin en comprimant un soupir.

Et pendant tout le reste du chemin, il parut douloureusement préoccupé.

IV.

L'Héritage.

Un chagrin profond s'était emparé d'André. Sa conversation avec Madeleine au retour des prés Saint-Gervais, en lui révélant la nature du sentiment que lui portait la jeune fille, avait détruit ses plus doux rêves. Il n'était aimé que comme un frère seulement, lui qui aimait de toute la violence d'un premier amour. Cette découverte terrible faisait le malheur de sa vie. Un moment il conçut le projet désespéré de quitter secrètement Paris et d'oublier Madeleine, mais le courage lui manqua. Vaincu dans la lutte qu'il avait livrée à son cœur, il ne lui resta plus qu'à courber la tête et à lutter de nouveau.

Les maladies de l'âme, invisibles dans leur principe aux regards de la science, se décèlent assez ordinairement, lorsque tout espoir de guérison leur est ôté, par les ravages qu'elles exercent sur ceux qui en sont atteints. Un mois de combats et de souffrances avait rendu André méconnaissable. Ses joues, où la santé brillait autrefois dans tout son éclat, s'étaient creusées; l'étincelle qui jadis animait son regard s'était éteinte; la fleur de sa jeunesse, comme sous un souffle dévorant, s'était flétrie; par moment encore errait sur ses pâles lèvres un sourire, mais si mélancolique, qu'il glaçait.

Madeleine ne tarda pas à remarquer le changement qui s'était opéré chez le pauvre ouvrier. Elle s'en affligea d'abord, puis elle résolut d'en connaître les causes : et un soir qu'André, selon sa coutume, avant de rentrer chez lui, était venu la trouver dans sa chambre :

— André, lui dit-elle, vous avez des chagrins et vous m'en faites mystère.

Le jeune homme frissonna, et laissant tomber de ses lèvres le triste sourire qui lui était habituel, il répondit d'une voix douce :

— Je n'ai point de chagrin, Madeleine.

— Mais vous paraissez si cruellement souffrir?

— Je ne souffre point, Madeleine.

— Par moment, autrefois, vous étiez gai, et maintenant vous êtes soucieux dans tous les temps.

— Je suis comme toujours, Madeleine.

— Ne dites pas cela, André, ne le dites pas ; car il y a un mois, oui, un mois encore....

Elle s'arrêta frappée d'un trait de lumière.

— Mon Dieu ! murmura-t-elle, mon Dieu ! se pourrait-il?...

Et une pâleur de mort s'étala sur son visage.

— Qu'avez-vous ? interrompit Morin avec anxiété.

— Oh ! pardon, pardon ! reprit Madeleine d'une voix repentante ; pardon, André !

Et elle voulut se précipiter aux genoux de son ami.

Il la retint.

— Au nom du ciel, vous m'effrayez, Madeleine ; achevez, achevez ; s'écria-t-il.

— Oui, je crois connaître maintenant la cause de vos souffrances : je ne puis l'attribuer à autre chose; oh! dites, André, que vous me pardonnerez?

— Je ne vous comprends pas, répliqua le jeune homme.

— Vous êtes malheureux et vous souffrez, André, parce que vous m'aimez....

— Et que vous ne m'aimez pas, interrompit-il; eh bien! oui, poursuivit-il en s'exaltant à chacun des mots qu'il prononçait, oui, c'est pour cela que je souffre; pour cela que depuis un mois je suis le plus infortuné des hommes; pour cela que j'ai voulu fuir cette maison et m'en aller loin, bien loin; pour cela que je n'ai plus la nuit une minute de sommeil, le jour pas un instant de repos, et que la vie me pèse et que je voudrais mourir, et que je mourrai bientôt, tué par vous!

Madeleine, debout devant André, et blanche et immobile, semblait foudroyée. Lorsqu'il eut cessé de parler, elle tomba en sanglotant sur une chaise.

— Vous pleurez! et c'est moi qui fais couler vos larmes? s'écria André en se rapprochant d'elle vivement; oh! par pitié, Madeleine, séchez vos pleurs si vous ne voulez pas me voir expirer de désespoir à vos pieds.

— Mon ami, lui répondit Madeleine en le regardant avec des yeux suppliants, dites-moi que vous me pardonnerez, moi, je vous promets ici, solennellement, de faire tous mes efforts pour vous aimer comme vous voulez que je vous aime, comme vous êtes digne d'être aimé; et tenez, poursuivit-elle d'un accent rempli d'un charme pénétrant, je sens que je commence déjà.

— J'ai failli mourir de douleur, ne me faites pas à présent mourir de joie, reprit l'ouvrier en se levant.

Il courut vers la porte et l'ouvrit.

— Vous me quittez? lui dit Madeleine.

— Je le puis sans danger, répliqua-t-il; est-ce que je n'emporte pas du bonheur avec moi pour toute une nuit?

Puis, il sortit sans écouter Mlle Duval qui cherchait à le retenir.

Cette consolante illusion, souvent déçue, hélas! qui s'éteint la dernière dans le cœur de l'homme, et qu'on nomme ici-bas l'espérance, avait lui de nouveau aux yeux d'André Morin. Comme un doux rayon de soleil, elle était venue réchauffer sa vie. Madeleine, touchée de l'amour du pauvre ouvrier, lui avait promis de l'aimer, et André se voyait, dans un avenir peu éloigné, l'heureux époux de celle qu'un moment il avait tremblé de perdre pour toujours. Il passa rapidement, consolé par cette pensée, du désespoir le plus profond à la joie la plus vive. Et ce fut avec la naïve confiance d'un enfant qu'il s'abandonna au sentiment qui l'entraînait vers l'orpheline.

Six mois s'écoulèrent. Au bout de ce temps, il fut convenu entre les deux jeunes gens que leur mariage aurait lieu à la fin de l'année, et l'on était alors en septembre ; le bonheur d'André tenait du délire. Chaque matin, avant d'aller à son ouvrage, il disait à Madeleine :

— Encore un jour qui sera passé demain.

Madeleine baissait les yeux, et ses joues se coloraient d'une pudique rougeur.

— Ah ! Madeleine, reprenait-il quelquefois, ne me direz-vous pas que vous m'aimez ? Il y a si long-temps que je soupire après cette parole.

— Quand je serai votre femme, lui répondait la jeune fille.

André lui baisait chastement la main, puis il murmurait :

— A ce soir, Madeleine.

Et Madeleine lui disait :

— À ce soir, André.

Le soir les trouvait réunis près d'une petite table ; Madeleine brodait pendant qu'André lui faisait la lecture ou l'entretenait des projets qu'il formait pour l'avenir, et la douce physionomie de Mlle Duval s'épanouissait devant le riant espoir d'avoir un jour, dans quelques années, un beau magasin de lingerie.

Un matin, André Morin accourut chez sa fiancée, tenant à la main une lettre. Il paraissait en proie à la plus vive agitation, son visage était tout bouleversé. Surprise de le voir ainsi, Madeleine l'interrogea, et Morin lui apprit qu'il venait de recevoir la nouvelle de la mort d'un de ses arrière-cousins qui, en mourant, l'avait nommé son héritier.

— Et c'est là ce qui vous afflige ? lui dit Mlle Duval en lui rendant la lettre qu'il lui avait donné à lire.

— Hélas! ne comprenez-vous pas qu'il faut que je m'éloigne, que je quitte Paris, que je me sépare de vous?

— Mais cette séparation ne sera pas de longue durée, mon ami.

— Quinze jours peut-être sans vous voir, dit André; non, c'est impossible, poursuivit-il avec passion, et je renoncerai mille fois plutôt à cet héritage que de l'acheter par un aussi pénible sacrifice.

Madeleine lui fit alors comprendre, mais non sans peine, que dans l'intérêt même de leur bonheur à venir, il devait en cette circonstance faire preuve d'énergie et se résigner à une séparation provisoire devenue indispensable.

— Madeleine, vous ne m'aimez pas, lui répondit tristement son fiancé, sans cela la pensée de demeurer loin de moi, — ne fût-ce qu'un seul jour, — vous épouvanterait;

mais enfin, vous voulez que je parte, je partirai.

En achevant ces paroles, il froissa convulsivement la lettre; puis, et honteux de ce mouvement :

— Je ne suis qu'un pauvre artisan, continua-t-il, vivant au jour le jour du produit de son travail, eh bien! j'abandonnerais avec plaisir les vingt-deux mille francs qui doivent me revenir de cet héritage inespéré, pour ne pas vous quitter, et si j'ai un regret en ce moment, c'est de ne pas avoir brûlé cette lettre après l'avoir lue.

— O mon ami, vous êtes bien digne d'être aimé, lui répondit Madeleine avec émotion; et devant l'affection sincère que vous me témoignez, je suis sans volonté maintenant. — Oui, poursuivit-elle, je ne sais plus que vous conseiller, à mon tour, je n'ai plus le courage de vous dire de partir.

Un éclair de joie jaillit des yeux d'André Morin ; mais cet éclair s'éteignit presque aussitôt.

— Non, non, murmura-t-il, je lutterai contre mon cœur, j'irai à Lamballe où m'appelle cet héritage; j'irai tout seul, à moins, poursuivit-il en hésitant, que vous ne consentiez, Madeleine, à y venir avec moi.

— Ce que vous me demandez est impossible, André, reprit la jeune fille avec un léger accent de reproche.

Il lui répondit, après l'avoir regardée tristement :

— Une seule chose me semblait impossible, qui cependant se fera ; demain je partirai.

Le lendemain, à six heures du soir, André, que Madeleine avait accompagné aux messageries, montait dans la voiture de Rennes. Il pressa une dernière fois la main de sa fiancée sans pouvoir prononcer une parole, puis les chevaux partirent au galop.

La Bretagne, où se rendait André Morin, est un pays de surprises, de coups de théâtre; les extrêmes s'y touchent; vous traversez une plaine immense, nue, stérile, déserte, — deux lieues de landes. Sur cette aride solitude, étendez par la pensée une couche de neige, et vous pourrez, sans un grand effort d'imagination, vous croire transporté tout à coup dans les steppes glacées de la Lithuanie; votre cœur se serre involontairement; mais avancez: — au bas de cette colline rocailleuse, chauve, écorchée par les vents, qui, de ce côté, borne l'horizon à votre vue, se déroule, étroit et sinueux, un sentier profondément encaissé entre deux haies de chênes rabougris, d'églantiers et de mûriers sauvages. Suivez les mille méandres de ce chemin creux et vert, plein de parfums, de mystère et d'ombre; à son extrémité, un clair ruisseau serpente avec un petit bruit plaintif et doux sur un lit de gravier argenté, bordé de bouquets de lait, de paquerettes, de jonquilles, de narcisses et de fleurettes de toutes nuances et de toutes formes, les unes pendantes en grappes, les autres épanouies en calices; celles-ci se déployant en aigrettes, celles-là brodant de leurs gracieux festons le velours de l'herbe odorante où elles sont écloses. Enjambez ce ruisseau, et arrêtez-vous un moment. Devant vous se déploie un vallon digne de Théocrite ou de Virgile. Avancez de quelques pas encore, la physionomie du pays change; une impression de dégoût et de pitié s'empare de votre âme et la glace. Toutes les voix que l'enthousiasme avait élevées dans votre cœur se taisent, et vous sentez comme un frisson passer dans vos cheveux. Rampantes comme le serf sous le bâton du maître, de chétives masures, recouvertes de chaume, enfumées, fétides, sans fenêtres, aussi déguenillées et aussi sales que les malheureux qui les habitent; des masures, dont les bœufs de la Normandie ne voudraient pas pour étables, s'offrent à vos regards. Arrachez-vous à ce douloureux spectacle et poursuivez votre route, la ville n'est pas loin. Ce château tapissé de lichens et de lierres, sur lequel pèsent sept tours toutes diverses de formes, de hauteur et d'époque; cette extricable complication de vieux murs féodaux chargés de vieilles chaumières, de pignons dentelés, de toits aigus, de croisées de pierre, de balcons à jour, de machicoulis, de jardins en terrasse, de maisons à auvents, reliés ensemble dans un pittoresque désordre, c'est Lamballe, ou, si vous aimez mieux, c'est Fougères, c'est Ste-Suzanne, Vitré, Mayenne, Dinan, car toutes ces villes se ressemblent.

Avancez toujours.

Entendez-vous dans le lointain comme le

murmure sourd d'un orage qui approche? C'est l'océan qui vous appelle; l'océan, bordure sublime et terrible de ce panorama si varié d'aspects et de couleurs. Eh bien! que pensez-vous du pays que va traverser André Morin? et cependant je ne vous en ai donné qu'un crayon bien incomplet. Que serait-ce, si j'avais essayé de vous peindre ses grèves sablonneuses, toutes reluisantes au soleil comme les écailles d'un autre Léviathan, des mille coquillages nacrés, roses, azurés, d'argent et d'or dont elles sont pailletées, et si mélancoliques, si sauvages quand le vent siffle, et qu'au-dessus d'elles louvoie, dans une mer de nuages, la pâle lune des longues nuits d'hiver; l'âpre majesté de ses côtes, herissées de rochers gigantesques aux formes étranges, où grimpent, humides et sombres, les goëmons et les algues, ces lierres de l'océan, et que la vague secoue et blanchit de son écume sonore; ses beaux lacs, miroirs immenses de son ciel si changeant, méditerranées de ce petit monde; ses montagnes d'Arrès, si incultes et si tristes dans leur désespérante nudité, que les loups eux-mêmes n'y peuvent vivre; et ses vastes forêts de chênes, où les druides ont prié, béni et tué!

Le soir de son arrivée à Lamballe, André écrivit une lettre à Madeleine, dans laquelle il lui peignait, en termes d'une éloquente simplicité, combien la route lui avait paru longue, et tout ce qu'il avait souffert depuis son départ. « Pendant quatre jours, lui disait-il, je me suis replié sur moi-même, et j'ai vécu seulement dans mon passé, tant le présent me semblait douloureux et l'espoir d'un prompt retour incertain. O Madeleine, continuait-il, s'il est vrai que ceux qui s'aiment, quoique séparés par la distance, peuvent se rapprocher et s'unir par la pensée, je n'ai pas dû cesser d'être un seul moment auprès de vous, dans cette chambre qui est devenue mon paradis depuis le jour où vous m'en avez permis l'entrée. Les chevaux m'emportaient; et, pendant que mes compagnons de voyage regardaient avec admiration les côteaux pittoresques et les mille paysages qui bordent ou couronnent la route, moi, assis dans un coin, les yeux fermés, je ne voyais que vous. Je vous retrouvais, au cimetière, inclinée devant la petite croix en bois du tombeau de votre grand'mère Marceline; vous m'apparaissiez ensuite à travers les vitres de votre magasin, puis nous courions tous les deux dans les champs, puis enfin je vous disais que je vous aimais, et vous me répondiez que vous vouliez bien devenir ma femme. Je n'existe plus que par mes souvenirs, ajoutait-il bientôt, et je suis plus vous que moi. A peine entré dans Lamballe, j'ai couru chez l'exécuteur testamentaire de mon cousin ; il m'a annoncé que ma portion d'héritage s'élèverait probablement à dix-sept mille francs ; mais il m'a prévenu en même temps que les affaires de succession se traitent lentement. Ainsi, me voilà retenu peut-être pour un mois loin de vous ! Oh ! tenez, Madeleine, il faut que j'épanche en vous le trop plein de mon cœur ; eh bien ! il est des instants où j'ai peur que votre affection pour moi ne diminue par l'absence et ne finisse par s'éteindre. Vingt fois la pensée aujourd'hui m'est venue de quitter la Bretagne, de me remettre en route à pied, et d'abandonner tous nos rêves de petite fortune, pour me trouver plus tôt auprès de vous. J'ai lu autrefois, je ne sais plus dans quel livre, cette phrase qui m'a frappé : « On n'emporte pas la patrie sous la semelle de ses souliers. » C'est un grand homme, dit-on, qui a écrit cela ; eh bien ! tout ignorant que je suis, je ne partage pas son opinion, et, je le sens, fussé-je au bout du monde, dans des plaines arides, sur des montagnes voisines des orages et éternellement glacées, si je vous voyais à mes côtés, je me croirais encore dans ma patrie; car, selon moi, elle n'est pas dans le lieu où nous avons reçu la vie, mais là où nous aimons. »

— Pauvre André, pensa Madeleine après avoir lu cette lettre; ce serait un crime de ne pas l'aimer.

Elle serra précieusement ce billet dans un petit coffret d'ébène que son fiancé lui avait donné le jour de sa fête.

Quelles que saintes que soient les affections de ce monde, il est presque toujours, et en amour surtout, un côté de la balance où le plateau penche. Rarement un parfait équilibre règne des deux côtés. Les luttes du cœur affichent involontairement un certain air de confraternité avec ces duels simulés ou sérieux de la salle d'armes ou du bois de Vincennes. Le courage est égal chez les combattants, la loyauté est la même, mais c'est le plus habile qui l'emporte. Tout duel, qu'il prenne pour champ de bataille le cœur ou quelque sentier perdu dans une forêt, est un jeu de dupe où le plus faible doit inévitablement succomber.

Madeleine Duval, dans les premiers jours qui suivirent le départ d'André, se surprit plus d'une fois à regretter son absence; peu à peu ce regret s'affaiblit, et la lettre du pauvre voyageur vint la trouver au moment où elle songeait à peine à lui. Elle se reprocha amèrement cet ingrat oubli comme une mauvaise action, et le lendemain, à son insu, elle se rendit coupable de la même indifférence. Cependant son attachement pour André était sincère; mais ce sentiment, sur lequel elle s'abusait, n'était que de l'amitié jointe à de la reconnaissance. Elle avait fait violence à son cœur pour tâcher d'aimer André Morin comme il voulait qu'elle l'aimât, et ce sublime effort avait revêtu à ses yeux les apparences de l'amour.

Le moment n'était pas éloigné où le bandeau qui lui cachait la lumière, allait tomber.

Un soir que Madeleine regagnait paisiblement sa demeure, comme elle entrait dans le faubourg Montmartre, un soldat dont le pas saccadé, tantôt rapide, tantôt lent, indiquait l'ivresse, trébucha près d'elle, et, en se relevant, la saisit au bras. Elle poussa un cri d'effroi. La rue était presque déserte et la nuit noire. Remise à peine de son premier mouvement de terreur, Mlle Duval doubla le pas, le soldat doubla le sien ; alors elle se mit à courir, le soldat courut après elle. Il allait l'atteindre, lorsqu'un jeune homme qui passait lui vint en aide.

— Mademoiselle, lui dit-il, prenez mon bras et soyez sans crainte.

Toute tremblante, elle prit le bras qu'on lui offrait, et le jeune homme attendit bravement que le soldat se fût rapproché.

— Que voulez-vous? lui dit-il d'une voix calme, mais ferme; passez votre chemin.

Le soldat intimidé ne répondit rien et continua sa route.

— Je vous remercie, monsieur, dit Madeleine à son protecteur inconnu.

Elle fit un geste pour quitter son bras, le jeune homme la retint doucement.

— Vous demeurez peut-être dans ce quartier? lui demanda-t-il.

Et il ajouta :

— C'est aujourd'hui lundi, et par conséquent c'est jour de fête aux barrières; une jeune fille à cette heure, et seule, court risque de plus d'une impertinente rencontre; si vous le permettez, mademoiselle, je vous accompagnerai jusque chez vous.

— J'habite tout près d'ici, monsieur, répondit Madeleine, et je n'ai plus peur.

Le jeune homme la regarda et n'insista point. Il salua gracieusement Madeleine qui le remercia de nouveau, puis il s'éloigna.

Il avait fait une vingtaine de pas au plus, lorsqu'il s'arrêta comme pour réfléchir. Ensuite il rebroussa chemin et suivit, mais de loin et de façon à n'être point vu, mademoiselle Duval qui marchait rapidement.

Arrivée sans encombre au numéro 23 de la rue Saint-Lazare, Madeleine poussa la porte de l'allée qu'elle trouva ouverte, entra, la referma sur elle, et disparut aux regards de l'inconnu.

V.

Maxime Brémond de Rieux.

Monsieur Brémond de Rieux, ancien premier président à la cour royale de Bordeaux et possesseur d'une immense fortune, avait soixante ans au moment où commence cette histoire. Depuis quelques années, il s'était volontairement démis de ses fonctions, et il habitait aux environs de Montpellier un château seigneurial, qui était sa propriété. Magistrat d'un haut savoir, d'une intégrité passée en proverbe, monsieur de Rieux, fils unique d'un gentilhomme ruiné, était parvenu, jeune encore, par son seul mérite, à l'éminente position qu'il avait occupée jusqu'à la fin de l'année 1791. A l'âge de trente ans, il s'était marié avec la fille du grand-veneur de Louis XVI, qui lui avait apporté une dot de quinze cent mille livres. M. de Rieux, doué d'un de ces rares courages que les épreuves les plus rudes ne trouvent jamais en défaut à l'heure solennelle du danger, était demeuré sur son siége présidial jusqu'au jour où la tourmente révolutionnaire l'en avait fait descendre. Il rentra alors dans la vie privée, sans peur de la mort qui planait incessamment sur sa tête désignée aux vengeances des tribuns populaires.

C'était du reste et par son caractère et par sa constitution un homme créé tout exprès pour le rôle qu'il avait joué. En le voyant, on eût dit un de ces antiques portraits du temps de Henri II ou de Charles IX descendu de son cadre séculaire et fait homme pour la seconde fois. Sa taille au-dessus de la moyenne était droite et pleine de dignité. Il y avait dans sa voix brève et métallique un accent impérieux qui n'admettait jamais de réplique. Quand ses yeux noirs étincelaient sous leurs longues paupières grisonnantes, malgré soi l'on subissait l'influence de ce regard de feu, et l'on se sentait frissonner. Couronnez maintenant cette lèvre supérieure d'une moustache relevée en pointe, placez au-dessus de ce menton large et arrondi une impériale tombant jusqu'au cou, et devant vous posera, dans toute sa rude majesté, la tête imposante de l'un de ces fiers barons, souverains dans leurs châteaux crénelés, et qui, au temps de la féodalité, traitaient orgueilleusement de puissance à puissance avec leurs rois.

Maître dans sa maison comme autrefois ses nobles aïeux dans leur manoir seigneurial, monsieur de Rieux n'avait jamais fait acte de son autorité que pour élever son fils Maxime Brémond de Rieux selon le rang qu'il devait occuper un jour. Père dans toute l'acception du mot, il s'était chargé lui-même de former le cœur et l'esprit de son héritier. Madame Mathilde de Rieux, indulgente jusqu'à la faiblesse envers le seul enfant qui lui restât, s'était souvent insurgée contre l'inflexible rigidité de son mari; mais il n'en avait pas moins persévéré dans son système d'éducation. Il en résulta que le jeune Maxime, dont la tendresse pour sa mère était de l'adoration, ne put jamais, malgré ses persévérants efforts, accorder à son père d'autre sentiment que celui du respect, et quand sa mère tant aimée mourut, il se trouva comme seul sur la terre.

Cependant l'enfant était devenu un homme; Maxime venait d'entrer dans sa dix-huitième année. Son père incertain de la carrière qu'il lui ferait prendre, se décida, après bien des hésitations, à l'envoyer à Paris pour y compléter son instruction. Le jour où son fils se sépara de lui pour la première fois, l'ex-premier président sentit son cœur se serrer. Une larme mouilla ses yeux; mais dominant aussitôt son émotion, il répéta d'une voix grave et ferme à Maxime la règle de conduite qu'il lui avait prescrite la veille, puis il lui remit des lettres de recommandation pour un de ses anciens amis qui habitait Paris, et lui dit adieu sans qu'aucune démonstration tendre, sans qu'aucune affectueuse parole ne trahît les douloureuses impressions de son âme.

Maxime partait confié à la garde d'un vieux

serviteur de la maison. En mettant le pied hors du manoir paternel, il éprouva une volupté ineffable, comme si les barreaux d'une étroite prison venaient de tomber devant lui, et il aspira à pleins poumons l'air libre qui lui arrivait de toutes parts. A mesure qu'il s'éloignait, le poids qui avait long-temps oppressé sa poitrine s'allégeait. Les arbres, les plaines, les côteaux, les vallées qui avaient été pour ainsi dire les compagnons de son enfance, lui semblaient, s'être parés en ce jour de leurs plus beaux habits de fête, afin de célébrer sa délivrance. Au moment pourtant de perdre de vue les lieux qu'il quittait, Maxime, par un mouvement de religieux respect, s'arrêta, regarda une fois encore le château, puis, les mains jointes, il murmura :

— Adieu, ma mère!

Ensuite il mit son cheval au galop, et disparut dans des flots de poussière.

VI.

La Rencontre.

Arrivé à Paris, Maxime s'installa dans un charmant petit appartement, aux environs du Luxembourg.

Il avait alors dix-neuf ans.

Sa taille était élevée. Les proportions de son

corps offraient ce développement juvénile qui n'est pas encore la force, mais qui promet de le devenir. Un sang brûlant bouillonnait sous la pâleur aristocratique de son visage, qui semblait doré aux rayons du soleil de Naples. Ses cheveux noirs avaient le chatoyant reflet du jais; sa physionomie ouverte était d'une pureté de lignes admirable, et ses yeux d'un bleu limpide tempéraient, par leur tendre éclat, la fierté qui éclatait sur son front. Sa fortune, sa tournure et son instruction lui ouvrirent bientôt les salons les plus recherchés de Paris; accueilli avec empressement par les femmes, sa vie pendant un an fut un délicieux roman d'amour. Et cependant il n'était point heureux; avide d'une affection vraie et profonde, il avait cherché vainement une sœur jumelle à son âme. Il désespérait de la rencontrer jamais, lorsqu'un soir, au moment où il traversait le boulevard Montmartre, une circonstance vulgaire fit de lui le proctecteur de Madeleine.

Le lendemain, au moment où la jeune ouvrière allait entrer dans le faubourg Montmartre, elle entendit une voix qui lui disait :

— Bonsoir, mademoiselle!

Le jeune homme de la veille était devant elle.

Elle éprouva à sa vue un tremblement involontaire, et elle poursuivit son chemin sans répondre.

Au moment d'entrer dans sa maison, elle se retourna par hasard, ou avertie par un secret pressentiment peut-être, et elle aperçut à quelques pas d'elle l'inconnu qui venait de s'arrêter. Un nuage enflammé passa sur ses yeux, elle poussa la porte, et crut entendre, murmurés d'un accent timide et doux, ces mots :

— Au revoir, mademoiselle!

Elle franchit rapidement l'escalier, gagna sa chambre, et s'y enferma à double tour.

Une émotion inconnue, étrange, l'agitait. Tout lui pesait, elle étouffait, elle avait besoin d'air.

Elle ouvrit sa fenêtre, et la referma aussitôt, toute tremblante.

Le jeune homme qui l'avait suivie était assis de l'autre côté de la rue, en face de sa croisée, sur un banc de pierre. Ses regards semblaient chercher quelqu'un.

Onze heures sonnèrent long-temps après.

Elle s'était levée avec le jour, et cependant ses paupières se refusaient au sommeil. Elle s'approcha de nouveau de la fenêtre, écarta avec précaution ses rideaux et se dressa sur la pointe des pieds pour regarder si Maxime y était encore.

Maxime n'avait point quitté son banc.

Elle tressaillit, et dans le sentiment qu'elle

éprouvait, il y avait tout à la fois de la crainte et du bonheur.

Minuit arriva.

Maxime se leva, jeta un dernier regard sur la maison qu'habitait Madeleine, puis s'éloigna.

Elle le suivit des yeux jusqu'à ce qu'il eût disparu, et vint s'asseoir toute pensive, s'efforçant d'analyser ce qui se passait dans son cœur.

C'était une sorte de mélancolie rêveuse remplie, par instant, d'un charme indicible. Quelquefois André Morin s'offrait à sa pensée, mais son souvenir était bientôt effacé par l'image du jeune homme qui venait de partir et dont elle ignorait le nom.

Le lendemain Madeleine se rendit à l'heure accoutumée à son magasin, et elle fut préoccupée toute la journée.

Quand vint l'heure du départ, elle jeta dans la rue, avant de sortir, un craintif regard.

Maxime n'y était point.

Rentrée dans sa chambre, elle courut, comme la veille, à sa fenêtre.

Le banc était désert.

Une larme trembla au bord de sa paupière.

Alors elle songea à André, ouvrit un petit coffret d'ébène qu'il lui avait donné le jour de sa fête, relut sa lettre datée de Lamballe, et cette larme que Maxime avait fait monter à ses yeux, changeant tout à coup de destination, tomba, offrande expiatoire accordée au souvenir du pauvre voyageur.

Quelques jours plus tard, Madeleine, en se mettant à sa croisée pour respirer la fraîcheur du soir, entendit une voix dont l'accent était d'une pénétrante douceur, lui dire : Bonsoir, mademoiselle ! Elle tourna vivement la tête du côté d'où la voix était partie, un cri léger lui échappa.

Elle venait d'apercevoir, séparé de sa fenêtre

par deux ou trois pieds à peine, le visage souriant de Maxime.

— Je vous fais peur; mademoiselle, continua le jeune homme en se penchant sur son balcon pour se rapprocher de Madeleine.

La stupeur l'avait rendue muette, immobile, glacée.

— Je n'espérais pas vous voir, reprit bientôt le jeune homme, et je serais cependant demeuré ici toute la nuit, à vous attendre.

Madeleine était toujours glacée; immobile et muette.

— Seriez-vous offensée, poursuivit tristement Maxime, de ce qu'ayant trouvé inoccupé l'appartement d'une maison qui touche à la vôtre, je m'y sois établi afin d'être plus près de vous?

Mademoiselle Duval frissonna. Elle leva ses yeux épouvantés sur le jeune homme, et disparut.

Le lendemain, elle entendit qu'on refermait doucement la fenêtre contiguë à la sienne, puis comme la veille, tout redevint bientôt silence autour d'elle.

Elle dormit peu cette nuit-là.

Il advint à Madeleine ce qu'en pareil cas il advient ordinairement à une femme qui, aimée de deux hommes, se sent entraînée vers celui que le devoir lui défend d'aimer. Ce fut en vain qu'elle chercha un refuge contre son amour dans son affection pour André. Seule, en lutte avec son cœur, exposée à chaque instant au danger qu'elle voulait loyalement éviter, vivant presque sous le même toit que Maxime, dans une atmosphère embrasée par sa présence, la défaite l'attendait au terme de ses douloureux combats.

Frappé un jour de la pâleur répandue sur le visage de Madeleine, Maxime lui en demanda la cause dans les termes les plus passionnés.

— Tenez, lisez, répondit-elle en lui remettant la lettre d'André qu'elle venait de tirer de son sein.

— L'aimez-vous? lui dit Maxime d'une voix tremblante après avoir lu.

Madeleine, s'armant d'une énergie que le sentiment du devoir peut seul inspirer, prit la lettre, et la plaçant devant les yeux de Maxime :

— Relisez-la encore, lui répondit-elle : pesez bien chacune des mots qu'elle renferme, et si votre amour est assez grand pour ne tenir aucun compte de la distance qui nous sépare, déchirez cette lettre, je vous l'abandonne.

Maxime recula.

— Ah! je vous comprends, reprit-elle ; c'était le déshonneur que vous me réserviez en échange de mon amour!

— Madeleine! s'écria-t-il.

— Il n'y a plus de Madeleine ici pour vous, monsieur, il n'y a plus que la fiancée d'André, et elle vous commande de sortir.

Maxime pâlit.

— Vous m'avez entendue, continua impitoyablement l'ouvrière, sortez !

— Oui, dit-il, je sors, mais je vous apporterai bientôt la preuve que vous avez calomnié ma loyauté et mon amour.

Puis, il ouvrit la porte et descendit rapidement l'escalier, laissant Madeleine en proie à une violente agitation.

Dans la même soirée, une lettre timbrée de Lamballe lui parvenait. Elle ne contenait que cette seule ligne :

« Vingt-cinq jours encore d'exil, et puis le retour, et puis le bonheur ! »

« ANDRÉ. »

Vingt-cinq jours plus tard, André Morin

revoyait Paris après une absence de deux mois.

Son premier soin en descendant de voiture fut de chercher Madeleine parmi les personnes qui se pressaient autour des voyageurs ; il ne la vit point, et il éprouva un serrement de cœur douloureux. Trois fois il parcourut la cour des Messageries sans que Madeleine s'offrît à ses regards.

Il gagna la rue Saint-Denis.

En chemin le cœur lui battait si fort, qu'il fut obligé de s'arrêter.

Puis il poursuivit sa route.

Arrivé devant le magasin, il se peucha sur les carreaux pour regarder.

Madeleine n'y était pas !

Il revint alors sur ses pas, se dirigea vers la rue Montmartre, et ne s'arrêta tout haletant qu'au milieu de la cour des messageries.

Madeleine n'y était pas !

Il passa la main sur son front couvert d'une sueur froide; puis bientôt, un sourire épanouit son pâle visage.

— Fou que je suis! pensa-t-il : elle est chez elle sans doute qui m'attend.

En dix minutes il avait laissé derrière lui la rue et le faubourg Montmartre, coudoyant tous ceux qui entravaient sa course.

Arrivé devant la chambre de Madeleine, il chancela.

La clef de Madeleine n'était point sur la porte!

Il frappa.

On ne lui répondit point.

Il frappa une seconde fois.

Même silence!

Une troisième, une quatrième, une dixième fois, — et toujours le même silence.

Ecrasé de douleur, brûlé de fièvre, il entra chez lui et tomba sur une chaise.

Une pensée traversa tout à coup, comme un éclair, son cerveau.

Peut-être que Madeleine, sortie pour affaires, est de retour à son magasin ?

Il se leva et gagna de nouveau la rue Saint-Denis.

Madeleine n'y était point !

Alors il la crut malade ; dans un hospice peut-être, faute d'argent pour se soigner chez elle. Mais non ; Madeleine lui aurait écrit.

Il s'en retourna chez lui.

Le soir arriva.

Chaque fois que la porte de l'allée s'ouvrait et se refermait, c'était comme un coup de tonnerre qui retentissait dans son cœur.

Neuf heures sonnèrent à l'église Saint-Jean.

A chaque minute qui s'écoulait, il tremblait et espérait.

Dix heures !

La crainte que Madeleine ne rentrât en son

absence l'empêcha de s'élancer de nouveau à sa recherche.

Onze heures!

Une sombre inquiétude s'empara de lui.

Minuit!

Et Madeleine ne paraissait pas.

Ce n'était plus de l'inquiétude, mais de la jalousie. Où pouvait-elle être? que faisait-elle? pourquoi n'était-elle pas encore rentrée?

Une heure!

Le désespoir remplaça la jalousie.

Madeleine serait-elle morte?

Enfin le matin arriva.

André n'avait pas fermé l'œil une seule minute pendant toute la nuit.

Il descendit chez la portière, et lui demanda ce qu'était devenue Madeleine.

— Elle est partie, monsieur André.

— Partie!

— D'hier au soir.

— Pour aller où?

— Je n'en sais rien.

— Est-elle partie toute seule?

— Non.

— Et avec qui?

— Avec un jeune homme.

— Qui s'appelle?

— Maxime Brémont. C'était son voisin.

André n'en entendit pas davantage.

Il tomba à la renverse.

Il ne reprit ses sens que long-temps après, et il fut tout surpris de se trouver sur son lit, dans sa chambre. Il recueillit ses esprits et il se souvint.

— Je la retrouverai, s'écria-t-il alors avec désespoir; oh! je la retrouverai, fût-elle au bout du monde.

VII.

Mademoiselle Duval et Maxime, qui avaient quitté brusquement la France pour aller se marier en Angleterre, ne firent que traverser Londres, et se rendirent immédiatement à Greenwich, dans le comté de Kent.

La fortune de M. de Brémont se composait de dix mille francs; c'était le produit de la vente de son mobilier, auquel il avait joint quelques économies, plusieurs bijoux et un semestre de la pension que lui faisait son père. Dix mille francs, c'est toute une richesse à vingt ans et lorsqu'on aime. Maxime croyant son trésor inépuisable, loua dès le lendemain de son arrivée une charmante petite maison de campagne dans les environs de la ville. Une vieille Ecossaise, Kate Nelly, qui excellait dans la confection du roastbeef et du pudding, cumula tout à la fois les fonctions de cuisinière et de caméristo, le tout moyennant quinze livres sterling par an. Cela terminé, les deux fugitifs s'occupèrent de faire sanctifier leur mutuelle tendresse par les liens du mariage, et après avoir rempli les formalités exigées, ils attendirent avec impatience le jour qui devait les voir unis.

L'amour de Maxime pour Madeleine semblait avoir doublé ; mais si grand qu'il fût, jamais il ne sortit des limites du respect. Aimé de Mademoiselle Duval, M. de Brémont eût regardé comme un acte déloyal d'oublier un instant qu'il devait bientôt la nommer sa femme.

— Madeleine, lui avait-il dit en lui remettant les clefs du premier étage de leur petite maison, vous êtes ici chez vous, et personne ne franchira sans un ordre de vous le seuil de votre porte.

Enfin arriva le jour si vivement désiré tout haut par Maxime, et qu'appelaient tout bas les vœux de Madeleine ; les témoins étaient prêts, on n'attendait plus que les fiancés. Ils parurent. Madeleine, vêtue de blanc, avait une couronne dans les cheveux.

Un quart d'heure plus tard, ils étaient unis.

Au moment où Maxime, ivre de bonheur,

se disposait à prendre le bras de Madeleine, elle recula tout à coup, poussa un cri déchirant à la vue d'un homme qui venait de se dresser à quelques pas devant elle, et tomba évanouie.

Cet homme, dont l'apparition soudaine venait de causer l'évanouissement de Madeleine, était jeune. Une pâleur de mort couvrait son visage, et ses regards semblaient deux éclairs.

Il s'approcha lentement de Maxime, le regarda fixement comme s'il voulait graver son image dans sa pensée, et Maxime, qui jamais n'avait connu la crainte, frissonna.

Cet homme était André Morin !

André avait fait cent lieues pour venir retrouver Madeleine en Angleterre ; il l'avait cherchée par tout Londres, par toutes les petites villes avoisinantes, par tous les hameaux, par tous les villages, et ce fut le jour même de son arrivée à Greenwich qu'elle lui apparut vêtue d'une robe de mariée, — et la femme d'un autre depuis quelques instants.

Madeleine, transportée dans sa maison, demeura long-temps évanouie.

Elle souleva enfin lentement la tête, jeta un regard étonné sur elle et autour d'elle, comme si elle sortait d'un rêve pénible; puis, apercevant son mari à ses genoux, elle lui demanda d'une voix faible ce qui s'était passé.

— Oh! tu m'es rendue! s'écria Maxime avec joie.

Madeleine cependant venait de se souvenir.

— Et André! André, où est-il? dit-elle; je ne veux pas le voir; qu'il ne vienne pas! qu'il ne vienne pas!

La porte du salon s'ouvrit en ce moment. La vieille servante parut.

— Monsieur, dit-elle, un jeune homme est là qui veut vous parler.

Maxime devint pâle tout à coup.

— C'est bien, répondit-il, je sais qui c'est, je suis à lui tout à l'heure.

Kate Nelly sortit. Maxime appuya ses lèvres sur le front de sa femme, puis il lui dit entre deux sourires :

— Je reviens...

— Et quel est cet homme qui veut vous parler? répondit-elle en l'arrêtant par le bras.

— C'est un des témoins...

— C'est André Morin! s'écria Madeleine, et je ne veux pas que vous vous trouviez en face de lui; c'est moi qui le recevrai, c'est moi qui lui parlerai, c'est moi...

— Madeleine, interrompit Maxime, il n'y point d'André ici; André est en France; vous êtes sous l'impression d'une exaltation fébrile. Il n'y a ici que moi qui vous aime et qui suis votre époux. Au nom de ma tendresse, au nom de la vôtre, calmez-vous, je serai de retour dans un instant.

Ayant prononcé ces mots, il sortit.

Puis, lorsqu'il crut que Madeleine le pensait déjà bien loin, il revint doucement sur ses pas, s'approcha avec précaution, donna sans bruit un tour de clef à la porte et s'éloigna.

Comme il descendait l'escalier, il se heurta contre la vieille Nelly.

— Retournez à votre chambre, lui dit-il impérieusement : si ma femme vous sonne, soyez sourde ; si elle vous appelle, soyez muette; si demain elle vous demande quel homme est venu ici aujourd'hui, vous avez été aveugle. Ayez de la mémoire!

— Oui, monsieur, balbutia la servante.

Maxime gagna rapidement le second étage, traversa l'antichambre et ouvrit la porte du salon.

L'homme était là.

Il était assis, le front caché dans ses mains. Son attitude trahissait une grande douleur.

Maxime ne put se défendre d'un mouvement de compassion. Il s'arrêta un instant, puis s'approcha. L'étranger ne l'entendit pas.

Maxime lui frappa légèrement sur l'épaule. Il se redressa vivement et lui montra un visage altéré et pâle.

— Monsieur, lui dit Maxime d'une voix ferme, vous avez voulu me voir, me voici; et d'abord votre nom?

— André Morin, répondit froidement le visiteur.

— Eh bien! monsieur André Morin, que me voulez-vous?

André le regarda en face, croisa lentement les bras et lui répondit :

— Vous le savez bien.

— Je n'ai pas le talent de deviner les énigmes, répliqua Maxime.

— C'est possible; on ne possède pas tous les mérites à la fois; c'est bien assez que vous ayez celui d'enlever d'innocentes jeunes filles, — comme l'était Madeleine par exemple, à de pauvres ouvriers tels que moi, n'est-ce pas, monsieur de Brémont? répondit André Morin avec une sourde rage.

— Seriez-vous venu chez moi pour me faire la leçon, monsieur... Morin? dit Maxime.

— Non, repartit André; j'ai fait tout simplement le voyage de France en Angleterre pour voir quelle figure avait un lâche suborneur de jeunes filles, un voleur de fiancées, monsieur Maxime de Brémont.

Le jeune homme sentit le feu de la colère lui brûler le visage; cependant il se contenta de répondre à André :

— En quoi ai-je mérité, monsieur, cette double qualification de suborneur de jeunes filles et de voleur de fiancées?

— En quoi? s'écria l'ouvrier.

— Parlez moins haut, dit Maxime; il me

serait pénible de vous faire souvenir une seconde fois que vous êtes dans ma maison.

— C'est-à-dire, reprit André, que parce que je suis chez vous, je n'ai pas le droit de me plaindre, sous peine de me voir jeter à la porte! Et vous croyez, poursuivit-il en haussant les épaules, que cette crainte me retiendra? J'aurai souffert mille tortures depuis quinze jours, et vous pensez que de vaines considérations de convenances me fermeront la bouche; allons donc, vous voulez rire!

— Enfin, que vous faut-il? dit Maxime dont le regard s'alluma.

— Il faut que vous me rendiez Madeleine.

M. de Brémont sourit dédaigneusement.

— Il faut que vous me la rendiez, reprit André.

Maxime s'assit sur un fauteuil.

— Et vous me la rendrez, continua l'ouvrier en se plaçant devant lui.

— Vous êtes fou !

— Où est-elle?

Le jeune homme se leva et répondit en lui montrant du doigt la pendule :

— Je vous donne cinq minutes pour sortir de cette maison.

L'ouvrier tira tranquillement sa montre.

— Et moi, dit-il, je vous en accorde deux pour satifaire à ma demande.

Puis il se croisa les bras, attendant.

Madeleine, que nous avons laissée dans sa chambre, fut assez calme pendant les premiers instants qui suivirent le départ de son mari. Un quart d'heure s'étant écoulé sans qu'il revînt, elle s'étonna d'abord, puis son étonnement se changea en inquiétude, et elle résolut de l'aller rejoindre. Lorsqu'elle s'aperçut qu'elle était enfermée à double tour, son inquiétude devint de la terreur. Elle sonna, elle appela, et personne ne répondit. Alors elle essaya de briser la porte.

Maxime et André étaient toujours l'un devant l'autre, debout et se regardant. André le premier rompit le silence.

— Eh bien ! dit-il à M. de Brémont, où est Madeleine?

Maxime regarda la pendule, et ouvrant ensuite la porte du salon :

— Les cinq minutes sont passées, dit-il à André.

Un sourire ironique plissa les lèvres de l'ouvrier, il prit son chapeau, le mit sur sa tête et s'assit sans répondre.

— Prenez garde, lui dit Maxime d'une voix sourde.

— Je ne sortirai d'ici qu'avec Madeleine, répliqua obstinément Morin ; vous me l'avez prise en France, je vous la reprendrai en Angleterre, nous serons quittes !

— Vous croyez? répondit M. de Brémont.

— Voyons, reprit bientôt André, finissons-en; vous aimez Madeleine, et je l'aime; tant que je vivrai Madeleine ne vous appartiendra point; vous êtes un obstacle à mon bonheur, comme moi je suis un obstacle au vôtre, tranchons la difficulté....

— Et comment, s'il vous plaît?

— Battons-nous!

Maxime parut réfléchir un moment.

— Vous acceptez, dit André.

— Je refuse, répondit monsieur de Brémont.

— Ah! vous êtes doublement lâche, s'écria Morin, et je vous méprise doublement.

Maxime laissa tomber sur son rival un regard dédaigneux.

Celui-ci fit un bond :

— Je comprends, dit-il, c'est parce que vous êtes noble et que je suis un ouvrier que vous refusez de vous battre, eh bien! poursuivit-il en levant la main sur le jeune homme, te battras-tu maintenant ?

— Malheureux !... lui dit Maxime en arrêtant son bras.

— Oui, je voulais te souffleter, pour te forcer à accepter le duel que je t'ai proposé, et que tu refuses parce que...

— Parce que je ne veux pas vous tuer.

Ces paroles furent suivies d'un silence.

Maxime cependant venait de se souvenir de Madeleine.

— Monsieur, dit-il à André, tout à l'heure vous m'avez appelé un voleur de fiancées, sachez donc que j'étais aimé de Madeleine depuis long-temps, lorsque j'entendis prononcer votre nom pour la première fois ; quant à ce nom de suborneur, il tombe de lui-même car Madeleine est ma femme.

— Votre femme ; voilà le grand mot lâché !

et vous croyez peut-être que je ne trouverai rien à répliquer?

— Voyons...

— Eh bien! votre mariage est une comédie, oui, une comédie! qu'il vous prenne la fantaisie un jour, et cela arrivera, de faire la paix avec M. de Brémont, et ce mariage, dans les conditions où il a été conclu, sera rompu de droit dès que vous mettrez le pied en France! dites-moi donc, si vous l'osez, que cela n'est pas?

— Monsieur, dit froidement Maxime, je me suis marié en Angleterre, parce que mon père s'opposait à ce que je devinsse l'époux de Mlle Duval, mais...

— Et votre père avait raison, car cette union, qui eût été le bonheur pour moi, fera le malheur de Madeleine et le vôtre.

— Que voulez-vous dire?

— Tenez, j'ai eu tort peut-être de venir

vous trouver la colère et la menace à la boucho, repliqua André, mais je n'ai pu rester maître de moi ; Madeleine était ma vie, vous m'avez pris Madeleine, et depuis ce moment je n'ai pas vécu. Maintenant, je suis plus calme, et je vous parlerai sans haine ; je vous montrerai le précipice ouvert sous vos pas ; j'en appellerai à votre cœur que je crois noble et qui l'est, sans cela vous n'eussiez point répondu comme vous l'avez fait lorsque tout à l'heure je vous ai provoqué, et je bénirai peut-être votre nom que j'ai tant de fois maudit.

— Après, après...

— Eh bien! ce mariage sera votre malheur parce que Madeleine qui est douce et pure comme la vierge Marie, ne peut vous comprendre ; ce qu'il vous faut, c'est une femme choisie parmi l'élite du grand monde, belle comme Madeleine, aimante comme elle, mais dont la naissance réponde à la vôtre. Qu'arrivera-t-il avec Madeleine? Vous l'aimerez pendant quelque temps, puis cet amour dont vous rougirez plus tard, s'éteindra; si vous êtes un honnête homme, vous ne l'abandonnerez pas, mais votre bonheur sera détruit, et le sien avec le vôtre. Si vous la délaissez, elle en mourra de douleur, et sa mort sera pour vous un remords éternel. Monsieur, vous le pouvez encore, vous n'êtes mariés que de nom seulement, peut-être vous repentez-vous déjà de ce que vous avez fait; retournez en France, laissez-moi Madeleine, demain je quitte avec elle l'Angleterre, je vais en Allemagne, en Italie, en Amérique, aussi loin de vous que vous l'exigerez, et je vous dois mon bonheur comme plus tard elle vous devra le sien.

— Monsieur Morin, répondit Maxime, si un autre m'eût tenu ce langage, je ne l'aurais point laissé achever; vous, c'est votre cœur, c'est votre loyauté, c'est votre amour qui vous l'ont dicté, et voici ma réponse; j'aime Madeleine, elle est ma femme, et le mariage qui nous unit me sera aussi sacré que s'il eût été béni en France, car Dieu que nous avons pris à témoin de notre union n'admet point de transactions de conscience; maintenant, monsieur, souffrez que je me retire.

— O mon Dieu! mon Dieu! dit l'ouvrier en se parlant à lui-même, cet homme qui a causé mon malheur, me refuse toutes les réparations que je lui demande, mais il ne sait donc pas jusqu'où peut pousser un amour comme le mien?

Maxime ouvrit la porte.

— Monsieur, lui dit André, je vous ai insulté, je vous ai provoqué, soyez généreux, acceptez mon duel.

— Jamais, répondit monsieur de Brémont.

— Mais alors rendez-moi Madeleine!

— Encore! interrompit Maxime.

Le visage d'André s'alluma de tous les feux de la colère; puis bientôt il porta la main à son front, réfléchit un instant, s'élança sur le carré, descendit l'escalier à pas précipités et sortit de la maison.

Maxime aussitôt après le départ de Morin se hâta de rejoindre Madeleine. Il la trouva tout éplorée; ses douces paroles dissipèrent peu à peu sa douleur, et ses baisers effacèrent bientôt jusqu'à la trace de ses larmes.

André avait la tête en feu. Il marcha pendant deux heures sans savoir où il allait, franchissant des ravins, traversant des campagnes désertes; il tomba enfin brisé de fatigue au pied d'un arbre.

Il était au milieu d'une vaste plaine qu'il ne connaissait point. Le jour commençait à baisser. Des nuées couleur de plomb couraient dans le ciel gris, chassées par une forte bise d'ouest. Pâles et immobiles, les traits de Morin annonçaient cet engourdissement de toutes douleurs voisin de l'égarement ; ses yeux semblaient morts ainsi que son visage. Le vent qui avait soufflé toute la journée avec impétuosité, s'abattit tout à coup, et de larges gouttes d'eau s'échappèrent des nuages agglomérés. Les cheveux flottants et épars, il paraissait ne rien sentir. Lorsqu'il sortit de cette léthargie, d'épaisses ténèbres enveloppaient les campagnes inondées. Pas une étoile au firmament ; c'était une épouvantable nuit.

Il se leva ; il avait froid.

Peu à peu les événements de la journée lui revinrent en mémoire, et le nom de Madeleine erra sur ses lèvres. Lorsque ses regards eurent percé l'obscurité qui l'environnait, interrogé sans les reconnaître les chemins qui s'offraient à lui, un long sanglot déchira sa poitrine. Puis bientôt il se mit à songer. Il chercha à se rappeler ce qu'il avait fait depuis son départ de la maison de Maxime, le temps qui devait s'être écoulé, la direction qu'il avait suivie; mais ses souvenirs étaient si confus qu'il perdit tout espoir de regagner la ville.

Après avoir pris vingt chemins, puis les avoir quittés, puis repris comme par inspiration; après avoir trébuché dans des ravins inondés, gravi des collines glissantes, descendu dans des vallées sombres; meurtri, trempé de sueur, tout haletant, il poussait un cri de joie en voyant apparaître de loin Greenwich, qui pendant cinq heures avait semblé fuir devant lui.

Il rassemble dans un suprême effort ses forces épuisées, doubla le pas, et bientôt il atteignit les premières maisons de la ville.

Le voici sous les fenêtres de Madeleine. Une expression farouche se lit sur son visage.

Il entend marcher derrière lui, il se cache

dans l'encoignure d'une muraille. Plus personne! Il sort avec précaution de sa cachette, il examine la maison qui lui fait face. Les volets sont fermés, tout est sombre, silencieux, pas une lumière. Il chancelle... Tout à coup, et par un énergique mouvement, il se redresse; il monte sur une borne, il s'accroche aux fissures de la muraille; parvenu au sommet du mur, il s'élance dans la cour et disparaît.

Il a gagné l'escalier.

Là, il s'arrête; le rez-de-chaussée est éclairé! Il s'approche, il se penche, il faut qu'il sache qui est là. Il ne peut rien distinguer. Il écoute: il croit entendre la voix de Madeleine; une autre voix lui répond, mais aucune parole n'arrive jusqu'à lui.

On se lève.

C'est Madeleine!

Maxime est auprès d'elle; André étouffe.

Maxime ouvre une porte !

André se jette dans le corridor par où ils vont passer. Dans ce corridor est un caveau de plein pied ; il s'y blottit. C'est de là qu'il attendra celui qui lui a volé Madeleine.

Maxime paraît, Madeleine s'appuie sur lui.

A cette vue, André sent tous les aiguillons de la jalousie entrer dans son cœur, il va sortir de sa retraite ; une pensée tout à coup retient son bras, s'il tue Maxime, il tuera du même coup Madeleine.

Il ferme les yeux. Maxime et Madeleine sont passés, ils sont loin.

Alors il sort du caveau, il brise le couteau dont il s'était armé, il se précipite dans la cour, il franchit le mur, et il revient silencieusement à sa demeure.

VIII.

Les nouveaux époux.

Dix mois s'écoulèrent. André qui n'avait plus reparu dans le pays depuis le soir du mariage des jeunes époux, était sorti de la mémoire de Madeleine, et la douce pensée d'être bientôt mère lui souriait chaque matin à son réveil. Maxime l'aimait comme au premier jour ; le bonheur de Madeleine était complet.

Peu de temps après, elle mit au monde un fils.

Cependant la petite fortune de son mari diminuait, le moment approchait où elle allait être épuisée.

Maxime se décida à écrire à son père. M. de Rieux consentit à lui continuer sa pension pendant six mois, en l'avertissant toutefois que ce délai passé il n'attendît plus rien de lui, s'il ne revenait pas en France.

Madeleine et Maxime furent heureux six mois encore.

Madeleine bientôt remarqua que son mari était triste ; elle voulut en connaître les motifs, mais il se renferma dans un silence obstiné. Il écrivit de nouveau à son père, et lui apprit avec son mariage la naissance de son enfant ;

il espérait par cet aveu sincère désarmer son inflexibilité. M. de Rieux maintint la suppression de la pension et ne répondit pas. Maxime était désespéré.

Madeleine un jour vint le trouver dans sa chambre ; elle s'approcha de lui, et l'entourant de ses bras :

— Mon ami, lui dit-elle avec un doux sourire, ne descendrez-vous pas au jardin ? Vos fleurs tant aimées autrefois se meurent faute de soins ; venez, votre présence, j'en suis certaine, leur rendra la vie.

— Mes pauvres fleurs ! murmura Maxime entre deux soupirs.

— Qu'avez-vous ? reprit vivement Madeleine.

Il détourna la tête.

— Vous gardez le silence, poursuivit-elle, eh bien ! moi, je vais vous ouvrir mon âme ; depuis long-temps je souffre, et je vous l'ai caché. Depuis long-temps, lorsque je suis seule, je pleure et me trouve malheureuse, moi si heureuse autrefois! D'où vient ce changement? à qui dois-je l'attribuer? A vous seul, Maxime, à vous tout seul!

— A moi? interrompit-il.

— Oui, à vous, qui avez des secrets pour moi! Oh! n'essayez pas de vous en défendre, votre cœur recèle un chagrin que je ne puis guérir, puisque vous m'en avez fait mystère. Est-ce ainsi, continua-t-elle de l'accent du reproche le plus tendre, que vous tenez vos promesses? Tout, me disiez-vous, sera commun entre nous, Madeleine; peine ou honneur, nous partagerons tout, et nous n'aurons qu'une seule vie à nous deux.

La pauvre femme, en parlant ainsi, pleurait.

Maxime se sentit ému; c'était la première

fois qu'il faisait couler les larmes de Madeleine.

Il chercha, mais vainement, à la consoler.

— Je le devine, reprit-elle bientôt, ce que je redoutais est arrivé; Maxime, vous ne m'aimez plus.

— Moi, ne plus t'aimer! s'écria-t-il.

— Qu'est-ce donc alors? dit Madeleine.

Maxime lui avoua tout.

Lorsqu'il eût achevé, elle se suspendit à son cou et lui baisa le front avec délire.

— Et c'est là, répondit-elle, la cause de tes chagrins?

— Ne trouves-tu pas que ce soit assez, répliqua Maxime. Quand nos derniers cent francs seront épuisés, que ferons-nous?

— Mais ne sais-je pas travailler? ne suis-je point une habile ouvrière? Nous irons à Londres, je chercherai de l'ouvrage, j'en trouverai, je gagnerai de l'argent comme autrefois...

— Attends, dit tout à coup Maxime, j'ai un projet.

— Et lequel?

— Nous demeurerons ici, et nous serons heureux comme nous l'avons été jusqu'à ce jour...

— Achève.

— J'ai quelques talents, je me ferai maître de français, maître de dessin, maître de musique, et avec le produit de mon travail, l'aisance rentrera dans notre petite maison.

— Oh! c'est Dieu qui t'inspire, s'écria Madeleine.

— Non, c'est toi, ma femme; c'est toi, mon ange gardien!

— Et maintenant que te voilà redevenu heureux, reprit la jeune mère, viens embrasser notre enfant.

Le projet de Maxime offrait plus de difficultés qu'il ne l'avait cru d'abord. Les professeurs de français étaient très-nombreux en Angleterre, sans compter ceux qui se recrutaient parmi les anciens émigrés. Puis, il ne suffisait pas d'avoir de jolies manières et une brillante instruction pour être admis dans les riches familles anglaises, il fallait s'appuyer de recommandations indigènes; or, Maxime ne connaissait personne. Cependant il s'agissait de Madeleine et de son fils, et il ne fut point découragé par l'insuccès de ses premières démarches; il imposa silence à son orgueil, il se créa des protecteurs, et un jour enfin il annonça à sa femme qu'il était chargé de l'éducation des enfants du comte de Carlisle, l'un des plus riches seigneurs de la Grande-Bretagne.

Le lendemain ils disaient adieu à leur maison de Greenwich.

Maxime loua un petit appartement à Londres, près du quatier St-Gilles, dans Oxford-Street, s'y installa avec Madeleine et son enfant, et quelques jours après, il entrait en qualité de professeur chez le comte de Carlisle, aux appointements de cent livres sterling par an. Cette position eût été une bonne fortune pour tout autre; mais si l'on se souvient qu'unique héritier de M. Brémond de Rieux, Maxime, adoré de sa mère, avait été entouré dans son enfance et dans sa jeunesse de tous ces soins délicats et de tout ce luxe sagement entendu qui rendent la vie si douce, on comcomprendra que pour lui c'était choir de bien haut.

Son amour pour Madeleine était seul capable de le soutenir dans une épreuve aussi rude.

Levé tous les matins, en quelque saison que l'on fût, quelque temps qu'il fit, à cinq heures, il traversait une partie de la ville pour se rendre à Bloomsbury-Square où se trouvait l'hôtel Carlisle, et il n'en sortait plus qu'à neuf heures, le soir.

De neuf heures du soir à cinq heures du matin, il s'appartenait; passé ce temps, il devenait la propriété du comte de Carlisle. Le comte de Carlisle, moyennant deux cents francs de France environ qu'il lui faisait compter, à la fin de chaque mois, disposait selon sa fantaisie de sa liberté, de sa vie, de son bonheur. Et encore était-ce par faveur spéciale, obtenue à grand'peine, qu'il ne demeurait point à l'hôtel.

Maxime, dans les premiers jours de son entrée chez le comte, crut ne jamais pouvoir s'accoutumer à cette nouvelle existence. Ajoutons encore que lord Carlisle, issu d'une des plus vieilles familles d'Angleterre, était l'orgueil fait homme. Tout ce qui l'entourait, professeurs, secrétaires, intendants de ses domaines, n'étaient à ses yeux que des valets, gagés plus ou moins, selon la nature de leurs services.

Maxime songea à Madeleine, à son fils, et il se résigna.

Pendant son séjour dans la maison de lord Carlisle, il se convainquit bien tristement que si le bonheur réside dans une tendre affection partagée, ce bonheur s'amoindrit lorsqu'il n'est pas précédé de la richesse. Cependant il aimait toujours Madeleine, mais la dure épreuve du malheur commençait à l'aigrir. Un coup imprévu vint aggraver sa position et le jeter dans les plus terribles perplexités.

Le comte de Carlisle, à part sa vanité ridicule, était au demeurant un brave homme. Il n'en était pas ainsi de la comtesse. C'était bien la femme la plus revêche des trois royaumes, comme elle en était la plus laide.

Sa sévérité tenait de la brutalité. Pour un mot, pour une fantaisie, elle chassait ses serviteurs les plus dévoués. Année moyenne, elle faisait quatre fois maison nette depuis les combles jusqu'à l'écurie. Un jour qu'elle s'était procuré cet innocent plaisir, son mari ne se doutant de rien arriva à l'heure du dîner avec cinq ou six membres de la chambre haute, ses amis. Grand fut l'embarras du comte; la comtesse trancha net la difficulté.

Elle envoya quérir le secrétaire de son mari et le professeur de ses enfants, puis elle leur annonça qu'ils eussent à remplacer pour un jour ceux de ses gens qu'elle avait chassés. Le secrétaire, qui était un pauvre diable, inclina la tête respectueusement devant cet ordre étrange. Maxime, blessé dans sa dignité d'homme, répondit à lady Carlisle qu'il n'était point un valet.

L'altière comtesse se récria; survint son

mari. Surpris de l'air courroucé de sa femme, il demanda ce que cela signifiait.

— Cela signifie, reprit Maxime d'un ton hautain, que je suis entré chez vous, milord, à titre de professeur de vos enfants et non pas pour y endosser la livrée d'un laquais!

Le comte regarda tour à tour sa femme et M. de Brémont.

— Eh bien! après, répondit-il froidement.

— Milord, dit la comtesse, suis-je votre femme, et permettrez-vous que les ordres que je donne soient méconnus?

— Et qui donc ose ici prétendre le contraire, répliqua le lord Carlisle en toisant Maxime.

Celui-ci lui expliqua avec calme ce qui s'était passé.

— Monsieur, lui répondit le comte, tous les gens à mon service, secrétaire, intendants ou professeurs ne sont à mes yeux que des valets, rappelez-vous-le, et disposez-vous à obéir à mylady.

— Monsieur, reprit Maxime, vous êtes un insolent!

Là-dessus, il sortit.

Maxime après avoir si brusquement rompu avec lord Carlisle, se mit en recherche d'une nouvelle place de professeur, et n'en trouvant pas, il fut réduit pour faire vivre Madeleine et son fils, à donner des leçons de français et de dessin ; la belle saison étant venue, ses élèves s'en allèrent à la campagne et la misère entra dans sa maison.

Un emploi de teneur de livres chez un gros marchand de Londres, lui fut offert à quelque temps de là ; il le prit. Mais les émoluments attachés à cette place ne suffisaient point aux dépenses de son ménage. Madeleine alors s'en alla demander de l'ouvrage chez une lingère, et travailla sans relâche nuit et jour.

Sa tendresse pour Maxime semblait s'être augmentée de tous les sacrifices qu'il lui faisait. Mais lorsque le soir, elle le voyait arriver à la maison, les yeux fatigués et le visage pâli elle éprouvait comme des remords, et s'accusait tout bas d'avoir détruit son avenir. C'était surtout durant les fugitifs instants où ils étaient ensemble et lorsqu'il lui racontait son heureuse enfance auprès de sa mère, qu'elle se sentait assaillie par les plus douloureuses pensées; alors, elle l'interrompait pour fondre en larmes.

— O mon ami, lui disait-elle souvent, pourquoi m'avez-vous aimée?

Maxime l'embrassait tendrement, lui répétait cent fois qu'il ne se repentait point de ce qu'il avait fait, et la pauvre jeune femme oubliait pour un instant.

Cependant monsieur de Brémont n'était pas heureux. Cette vie de misère lui pesait! Son amour battu en brèche par tant d'assauts divers s'affaiblissait peu à peu. Le temps n'était pas éloigné où rien de Madeleine n'allait plus rester dans son cœur, rien que le tardif regret d'une faute commise dans un instant de délire.

Une circonstance bien futile en apparence hâta ce changement imprévu.

Il fut surpris un matin en s'éveillant de ne pas voir Madeleine. Il l'appela, elle ne répondit point. Il se rendormit. Quelques instants après, deux lèvres bien fraîches se posèrent sur son front, et il aperçut debout devant lui, sa femme ; son visage rayonnait. Il lui demanda d'où elle venait, et elle lui apprit au milieu de l'effusion de la joie la plus vive que sa maîtresse lingère, enchantée de son habileté, lui avait proposé de devenir son associée.

— Oh ! mais embrasse-moi donc, ajouta-t-elle ensuite, et dis-moi que tu partages mon bonheur ? Avant peu toutes nos peines seront finies, et tu me verras assise dans un de ces beaux magasins que je rêve depuis si long-temps.

Maxime feignait de partager l'ivresse de Madeleine ; mais à partir de ce jour, il ne vit plus en elle qu'une jeune fille vulgaire qui était demeurée la petite ouvrière de la rue St.-Denis, malgré son amour et ses efforts pour la faire monter jusqu'à lui.

Quelques semaines plus tard, il recevait une lettre de M. de Rieux ; en voici le contenu :

« Je pense que vous avez eu le temps de « réfléchir. Vous êtes arrivé à l'âge où tout « homme de cœur doit rompre sans retour avec « un coupable passé ; une occasion se présente « de mériter le pardon qu'aujourd'hui je vous « offre. Il y a dix ans, un de mes vieux amis « et moi, nous avions projeté de réunir nos « deux familles en une seule. Il a une fille. « Elle est jeune et elle sera riche. Je vous donne

« un mois pour vous décider; si dans un mois « vous n'êtes point auprès de moi, je ne me « dirai jamais plus votre père. »

« BRÉMONT DE RIEUX. »

Ce laconique billet renfermait une traite de trois mille francs, payable à vue chez un banquier de Londres.

IX.

L'abandon.

Madeleine s'était dépoétisée aux yeux de Maxime par un excès de dévouement. A partir de ce jour elle ne fut plus à ses yeux qu'une jeune fille qui s'était prise de passion pour lui parce qu'il était jeune, riche et beau. Enfin la descendant du piedestal où jadis il l'avait placée, il ne vit bientôt plus en elle qu'une simple grisette qui avait spéculé sur sa beauté pour se faire épouser. Une fois qu'il eut accueilli cette affreuse pensée, il en arriva rapidement à l'indifférence. Madeleine trop fière pour montrer ses larmes, renferma sa douleur en elle-même et n'opposa au visage soucieux de son mari qu'un visage égal et toujours souriant.

Un lien retenait encore Maxime de Brémont à Madeleine, c'était son fils. Quelquefois il prenait Amaury dans ses bras, et l'embrassait avec un délire qui ressemblait à du désespoir. La tendresse qu'il portait à cet enfant était l'unique consolation et l'unique espérance de la triste Madeleine. Le jour approchait où l'une et l'autre allaient lui manquer.

Lassé de l'existence qu'il menait, Maxime résolut de s'en affranchir, et un matin il quitta brusquement Londres; Madeleine l'attendit le soir, et le soir il ne parut point. Elle passa toute la nuit dans les larmes, et le lendemain elle apprenait que son mari s'était embarqué la veille pour le Hâvre. De retour chez elle, elle trouva dans un tiroir de sa commode deux mille francs en or ; alors elle comprit que Maxime était parti pour ne plus revenir.

Elle s'approcha du berceau d'Amaury en chancelant, le pauvre petit dormait. Elle le regarda quelque temps en silence, et sans pouvoir pleurer. Ensuite elle se leva et sortit. Son visage était horriblement pâle lorsqu'elle rentra. Elle s'assit auprès de son enfant qui dormait toujours, elle écrivit la lettre suivante :

« Monsieur,

« Impitoyable autrefois envers un honnête « homme qui m'aimait, j'ai condamné sa vie « au malheur ; vous me frappez aujourd'hui dans « mon amour comme j'ai frappé André dans « le sien ; Dieu le venge. Lorsque vous recevrez

« cette lettre ; je serai morte et le ciel comptera « dans votre fils un ange de plus. »

« MADELEINE. »

Elle plia ce billet, mit sur l'enveloppe : à Monsieur Maxime Brémont, en Provence. Puis elle prit le vase placé à côté d'elle, but les deux tiers de l'opium qu'il contenait, éveilla son enfant et lui fit boire le reste.

Le soir du même jour, deux personnes veillaient au chevet de son lit, un vieillard et un jeune homme. La chambre faiblement éclairée avait un aspect lugubre. Les rideaux de la fenêtre qui étaient tirés, interceptaient toute lumière extérieure. Le vieillard et le jeune homme les yeux fixés sur Madeleine étaient silencieux. A quelques pas d'eux, dans un berceau, s'agitait un enfant dont le visage était chargé de teintes livides.

— Eh bien ! monsieur le docteur ? dit à voix basse, le jeune homme au vieillard en reportant alternativement ses regards de Madeleine sur Amaury.

— Je réponds de son fils, répondit le vieillard.

Madeleine fut cependant conservée à la vie par les soins du vieux docteur.

Elle disait un jour à André qui berçait Amaury sur ses genoux :

— Comment depuis Greenwich, vous ne m'avez pas abandonnée un moment?

— Non, Madeleine, répondit-il : J'allai, le lendemain de votre mariage m'établir dans une mansarde en face de vos fenêtres; là, caché à tous les regards, aux vôtres, j'attendais, j'épiais votre présence pendant des journées entières, pendant des semaines, pendant des mois; quelquefois, de loin en loin, vous apparaissiez à votre balcon, j'entrouvrais doucement mes rideaux, je vous regardais et durant quelques jours je me trouvais moins malheureux.

— Bon André! dit Madeleine.

— Quand vous vîntes à Londres, je vous y suivis, et je louai une chambre dans votre maison. Je mis à vous éviter le même soin qu'autrefois j'en mettais à vous voir, et ni vous ni lui n'avez soupçonné jamais que nous demeurions porte à porte. Tant que vous avez été heureuse, j'ai été heureux, car je plaçais mon bonheur dans le vôtre. Puis lorsque les chagrins et la pauvreté sont venus fondre sur vous, comme vous j'ai souffert. Vingt fois j'ai été sur le point d'accourir partager avec vous ma petite fortune, mais je n'ai pas osé.

— Noble cœur! dit Madeleine.

— Quel mérite y avait-il à cela? après mon père, c'était vous que j'avais le plus aimée, et j'aurais donné ma vie pour vous. — Enfin, poursuivit-il, le jour arriva où le plus affreux malheur devait vous frapper. J'avais entr'ouvert ma fenêtre comme de coutume, à six heures du matin, pour vous voir passer dans la cour; à peine aviez-vous disparu que mes regards tombèrent par hasard dans la chambre où il était demeuré, lui, avec votre enfant; il marchait à grands pas, portant souvent la main à son front. Je tremblai pour vous sans savoir pourquoi; bientôt il ouvrit la commode, plaça de l'or dans un tiroir, s'approcha du berceau d'Amaury, le regarda, puis il prit son chapeau et sortit.

— Sans embrasser son enfant? dit Madeleine.

— Sans l'embrasser.

— Je voulais savoir où il allait, et je le suivis; deux heures plus tard, il avait quitté Londres! A partir de ce moment, je m'attachai à vos pas comme votre ombre, j'épiai toutes vos actions. Oui, j'ai été à votre insçu témoin de vos plus secrètes douleurs ; vous n'avez pas versé une larme que je ne l'aie vue couler, et j'avais les yeux sur vous lorsque vous annonciez à Maxime dans une lettre votre mort et celle de votre enfant.

— Cette lettre... qu'en avez-vous fait ?

— La voici, dit André en la tirant de son sein.

Madeleine la déchira.

— J'étais encore placé derrière mes rideaux, continua l'ouvrier, lorsque après avoir bu votre part du poison vous fîtes boire le reste...

— Grâce... grâce... murmura Madeleine en sanglotant :

— Epouvanté, je m'élançai comme un fou dans l'escalier, courus à votre porte, et frappai; on ne répondit point : je frappai de nouveau, même silence. Alors je vous crus morte! le désespoir triplait mes forces, je brisai votre porte, puis j'entrai !

— Oui, je sais que je vous dois la vie et celle de mon enfant, dit Madeleine; oui, je sais que vous m'avez empêché de consommer un crime effroyable; oui, je sais que vous êtes l'homme le plus grand et le plus noble de ce monde, André.

Elle prit alors son fils, et penchant sa tête blonde sur le visage de Morin :

— Embrasse-le; mon enfant, et aime-le toujours, dit-elle; je t'avais donné la vie, j'ai voulu te la reprendre, et c'est lui qui te l'a conservée.

Amaury, comme s'il avait compris le langage de sa mère, posa gracieusement ses lèvres roses sur les joues d'André qui versait des larmes d'attendrissement.

Maxime était parti depuis un mois, et Madeleine nourrissait toujours au fond de son cœur l'espoir de le voir revenir. Cette dernière illusion devait être bien cruellement déçue. André lui montra un jour une lettre datée de Montpellier dans laquelle était annoncé le prochain mariage de Maxime avec l'une des plus riches héritières de l'Hérault.

Madeleine se sentit mourir.

— Non, non, dit-elle bientôt, c'est impossible, d'ailleurs n'est-il pas mon mari?

— Votre mari!... reprit André.

Et il lui apprit qu'un mariage entre Français contracté à Londres dans les conditions du sien, n'était point reconnu par la législation française. Cette révélation fut un coup terrible pour Madeleine.

Pauvre âme crucifiée, il ne manquait rien à sa lente passion, pas même son calvaire.

— Vous n'avez plus que lui, poursuivit André en lui montrant Amaury.

— Oui, cher enfant, je n'ai plus que toi, murmura Madeleine en embrassant son fils avec délire, — et à toi seul, tu me tiendras lieu de famille et du bonheur que j'avais rêvé.

— Quel projet avez-vous arrêté? reprit Morin après un court silence; qu'allez-vous faire?

— Que voulez-vous dire? répondit-elle.

— Je veux dire que vous ne pouvez demeurer davantage dans ces lieux témoins de votre félicité et de votre affliction; je veux dire, pauvre femme indignement trompée, que le monde ferait retomber en honte sur vous et sur votre enfant la lâcheté de Maxime; je veux dire enfin que si vous ne partez pas, chacun ici ne verra en vous que la maîtresse de M. de Brémont!

— Sa maîtresse! dit Madeleine en levant les yeux au ciel.

— Ecoutez, répliqua André, écoutez-moi avec attention, comme il le convient dans les circonstances où nous sommes; je ne vous aime plus, Madeleine, mais l'amitié la plus vive a succédé à mon amour. Prononcez un mot, et dès ce jour je deviens votre soutien, le protecteur de votre fils et votre frère.

— Votre mission sur la terre est donc de vous dévouer toujours? répondit Madeleine avec émotion.

— Acceptez-vous ou refusez-vous? reprit Morin froidement.

Pour toute réponse, elle mit sa main dans celle de l'ouvrier.

— Demain, continua-t-il, nous quitterons Londres.

— Où irons-nous?

— Je ne sais, répondit-il, mais je suis jeune, j'ai quelque argent, de l'activité, l'expérience des hommes; le commerce enrichit vite aux îles, et je veux que nous devenions riches; je n'ai plus de passions, il m'en faut une: celle de l'or en vaut bien une autre!

Madeleine tira de sa commode les deux mille

francs que Maxime lui avait laissés en partant.

— Que faites-vous? lui dit l'ouvrier.

— Tout désormais ne doit-il pas être commun entre nous, répondit la jeune femme.

— Vous aviez le droit de regarder cet argent comme le vôtre tant que vous portiez le nom de Brémont, répliqua André; aujourd'hui que vous êtes redevenue Madeleine, il ne vous appartient plus.

— Vous avez raison, mais que ferons-nous de cet argent?

— Vous le distribuerez aux pauvres, en leur recommandant de prier pour celui que vous aimiez et qui est mort.

Le lendemain, André et Madeleine avant de quitter Londres se rendaient dans Newgate-Street, et versaient les deux mille francs de Maxime entre les mains du lord-maire gouverneur de l'hospice des Orphelins.

X.

La ville de Rio-Janeiro, où venaient de débarquer dans les premiers jours de juin 1805, André, Madeleine et son fils, est bâtie sur la rive gauche de la baie, entre trois mamelons fortifiés qui la commandent. Du môle où elle baigne ses pieds se déploie devant l'œil l'une des plus magnifiques toiles qu'ait ébauchées la nature. Qu'on se représente un immense lac salé qui va se prolongeant et s'élargissant en trapèze dans une étendue de trente-cinq lieues, semé d'îles verdoyantes, de collines boisées qui montent en amphithéâtre, dentelé sur ses bords, et arrosant dans ses anses solitaires des vallons parfumés; ici, de hautes montagnes aux flancs desquelles pendent çà et là des églises, des couvents, des fermes, des maisons de plaisance, des bâtteries dont les bouches à feu se découpent en noir sur de vastes massifs de verdure; là, sur le versant du sommet des Orgues, des ravins, des précipices, des torrents bondissants; de ce côté, à peu de distance des forts de Villégagnon et de Sainte-Théodose, sous un ciel éblouissant d'azur, de fertiles campagnes, une végétation luxuriante, et de grands bois de cèdres où voltigent, chantent, roucoulent le gracieux manakin aux longues plumes, le colibri tacheté, sylphe aérien qui par la vivacité de ses mouvements semble se multiplier en mille lieux à la fois, et l'oiseau-mouche dont le surnom de rubis-émeraude exprime poétiquement le féerique éclat; maintenant revêtez toutes ces merveilles, tous ces contrastes, tous ces aspects, toute cette nature des plus vives couleurs que créera votre imagination et vous n'aurez qu'un crayon bien imparfait encore du spectacle imposant et splendide que le regard embrasse de la jetée de Rio-Janeiro.

Le premier soin d'André à son arrivée à Rio fut de louer un terrain dans la ville-neuve, aux abords du champ de Sainte-Anne qui coupe la ville en deux, et d'y construire un atelier de charpenterie. Là, grâce à sa probité, à son intelligence et à l'activité de

Madeleine, son établissement prospéra, et en peu de temps il se vit sur le chemin de la fortune.

André aurait dû être heureux.

Madeleine entrait dans sa vingt-troisième année.

Ce n'était plus l'ouvrière folle et rieuse de la rue Saint-Denis. La jeune fille était devenue femme, et sa beauté, sous la rude épreuve du malheur, avait revêtu ce caractère sérieux qui inspire l'amour et commande le respect.

Délaissée par Maxime, elle s'était réfugiée dans l'amour maternel. Elle y avait trouvé son salut. Sauvée de la mort par l'enfant à qui elle avait donné la vie, elle se rattacha à lui par tous les dévouements de la femme et toutes les adorations de la mère. Elle avait voulu mourir avec lui; elle voulut désormais ne plus vivre que pour lui seul. Pour atteindre à ce but, il lui fallait rayer de son existence les trois années qui venaient de s'écouler, ne plus voir le père d'Amaury dans Maxime, et, après bien des luttes, elle en arriva à l'indifférence, puis à l'oubli.

André n'avait point été étranger au miracle que venait de faire le sublime courage d'une femme secondé par la tendresse maternelle; c'était lui qui avait montré à Madeleine la seule voie qui lui restât pour échapper au désespoir, lui qui l'avait soutenue dans ses combats douloureux, et Madeleine ne l'avait point oublié. Pleine d'admiration pour lui, elle ne le regardait pas comme un homme, mais comme la personnification du dévouement.

On comprendra maintenant le chagrin que dut ressentir Madeleine de la mélancolie d'André. Une circonstance fortuite lui révéla bientôt le secret de cette mélancolie.

Parmi les rares personnes qu'ils recevaient dans leur intimité, était un vieux maître de forges. Possesseur d'une grande fortune, cet homme n'avait qu'un enfant, — une fille. Mademoiselle Caroline Joubert était jeune, jolie, bien élevée. André en se fixant à Rio-Janeiro avait annoncé Madeleine comme une de ses parentes, veuve depuis un an ; et, à la faveur de cet innocent mensonge, il avait pu vivre auprès d'elle sans que personne, jusqu'à ce jour du moins, n'y trouvât à reprendre, et se constituer son protecteur et celui d'Amaury.

A vingt-six ans, André en paraissait trente. Mais ses traits réguliers, la douceur rêveuse de son caractère et sa franchise le faisaient préférer tout bas à bien des hommes plus jeunes que lui. L'unique héritière du riche maître de forges ne put le voir sans l'aimer.

Une après-midi que Madeleine était seule au logis, M. Joubert arriva.

— Où est André? lui demanda-t-il.

— A la ville-vieille pour affaires, et il ne

rentrera pas avant ce soir, répondit Madeleine.

— Tant mieux, reprit le maître de forges, nous pourrons causer; j'ai à vous parler de choses sérieuses.

Il prit un siége.

L'entretien qu'il eut avec Madeleine fut long.

Ensuite ils se séparèrent.

Madeleine, lorsqu'elle fut seule, se sentit triste sans pouvoir s'expliquer sa tristesse. Le soir elle s'assit, toute préoccupée, dans le cabinet de travail d'André, souhaitant par instant son retour, et l'instant d'après le redoutant.

Minuit sonnait lorsque Morin rentra.

— Pas encore couchée? dit-il à Madeleine.

— Je vous attendais, mon ami.

— Et si je n'étais point rentré, vous eussiez donc veillé jusqu'à demain?

— Qu'avez-vous? que vous est-il arrivé? lui

demanda doucement Madeleine surprise de son ton brusque.

André détourna la tête sans répondre.

— Je vous importune, poursuivit-elle, et je me retire.

Elle lui tendit la main. André la saisit avec vivacité, et la portant à ses lèvres :

— Oh! vous ne saurez jamais tout ce que j'ai souffert aujourd'hui, murmura-t-il?

Madeleine, qui se disposait à sortir, s'arrêta tout à coup.

— Au nom du ciel, parlez, lui dit-elle.

Il se tut.

— Vous avez donc des secrets pour moi? reprit-elle d'une voix qui pénétra jusqu'au fond du cœur de Morin.

— Vous saurez tout, mais plus tard..... Bonsoir, Madeleine, je suis écrasé de fatigue, je vais gagner ma chambre, j'ai besoin de repos; bonne nuit!

— Oh ! vous m'épouvantez, s'écria la jeune femme en remarquant l'altération des traits d'André; encore une fois, que vous est-il arrivé?

— Non, non... pas aujourd'hui... demain... demain, Madeleine.

— Mais vous ne m'aimez donc plus? répliqua-t-elle en proie à une affreuse anxiété; mais je ne suis donc plus votre amie, votre sœur?

— Assez, assez... vous ne savez pas ce que vous me demandez, dit-il d'une voix étouffée.

Elle frissonna involontairement.

André ouvrit la porte; elle courut à lui, et lui barrant le passage :

— Vous ne sortirez pas que vous ne m'ayez tout appris, lui dit-elle.

— Eh bien ! eh bien! reprit sourdement André, sachez donc qu'il faut que nous nous séparions !

Ces paroles tombèrent comme un coup de foudre sur Madeleine.

— Nous séparer ! dit-elle.

— Oui, poursuivit-il, il le faut ; car on calomnie notre fraternité ; car on flétrit votre vertu, car on ose souiller jusqu'à la naissance de votre enfant !

— Oh ! mon Dieu ! mon Dieu ! murmura la pauvre mère.

— Ce n'est pas tout, continua André ; hier, il s'est trouvé un homme assez infâme pour écrire sur la porte de notre maison : « Madeleine est la maîtresse de Morin, le charpentier. »

Madeleine chancela.

— Voilà ce que j'ai lu ce matin, reprit André ; je me suis mis à la recherche de celui qui avait écrit ce mensonge, et je n'ai eu ni repos ni trêve que je l'aie trouvé.

— Vous ne l'avez pas tué, au moins? interrompit Madeleine avec épouvante.

— Il était dans un cabaret, se vantant tout haut de sa lâcheté; je suis allé droit à lui, je l'ai terrassé, et c'est à mes pieds, c'est à genoux, à deux genoux, qu'il a confessé publiquement qu'il en avait menti!

— Mais qu'aviez-vous donc fait à cet homme?

— Je l'avais chassé de mes ateliers parce qu'il me volait. Eh bien! Madeleine, reprit André, que faut-il faire? soyez mon conseil; ordonnez, vous serez obéie.

Madeleine réfléchissait.

— Nous ne nous séparerons pas, dit-elle bientôt; nous ne le devons pas, nous ne le pouvons pas; d'ailleurs, ce serait donner raison à la calomnie!

— Je le pensais, répliqua André, mais je n'osais vous le proposer.

— Cette calomnie tombera d'elle-même,

j'en suis sûre, surtout si comme tout me le fait supposer, un changement survient dans votre position.

— Que voulez-vous dire? reprit Morin d'un air surpris.

— Je veux dire que d'un moment à l'autre, mon ami, vous pouvez vous marier, et alors...

— Me marier! s'écria André avec émotion, et avec qui?

— Mais avec mademoiselle Caroline Joubert, que vous aimez et qui vous aime!

La stupeur ôta pour un moment l'usage de la parole à André.

— J'aime mademoiselle Joubert, reprit-il bientôt, et qui vous l'a dit?

— A quoi bon vous en défendre; croyez-vous que je n'ai pas interprété vos tristesses? mademoiselle Joubert du reste est jeune, riche, jolie; son père, qui est venu ici ce matin, vous accepte pour gendre, vous l'épouserez, et à moins qu'elle ne l'exige, je pourrai continuer à demeurer avec mon enfant auprès de vous.

— Et que m'importe qu'elle m'aime, interrompit vivement André ; que m'importe qu'elle soit jeune, riche, jolie, et que son père me la donne pour femme, moi, je ne l'aime pas.

— Vous ne l'aimez pas? reprit Madeleine dont les regards semblaient fouiller jusqu'au fond du cœur de Morin.

— Non, non, mille fois non, et je ne serai jamais son époux.

— Réfléchissez bien, mon ami, l'occasion d'un aussi riche mariage ne se présente pas tous les jours; vous vous repentirez plus tard peut-être de l'avoir rejeté.

— Et que me fait la richesse? dit André brusquement.

— Pourquoi alors travaillez-vous jour et nuit sans relâche? pourquoi augmentez-vous le nombre de vos ateliers? pourquoi étendez-vous avec soin vos relations? pourquoi gardez-vous, sans y toucher tout cet or qui tombe de vos doigts dans votre caisse? pourquoi?

— Est-ce que je le sais? Après tout, c'est vrai, continua-t-il, je travaille, je gagne de l'argent, et je suis économe; mais peut-il en être autrement; ne suis-je pas le fils d'un ouvrier, et n'ai-je pas été long-temps pauvre ouvrier moi-même?

— S'il en est ainsi, que vous sert d'user votre vie dans de rudes travaux? Vous possédez une honnête aisance, quittez votre établissement.

— Le quitter! repousser la fortune qui vient à moi! Non, Madeleine, non, car c'est pour lui que je travaille, pour lui que je veux voir riche un jour...

— Qui, lui?

— Votre enfant!

— Mon fils! et je vous accusais d'être avare!

Ah ! poursuivit-elle d'une voix attendrie, vous avez toutes les noblesses comme vous comprenez tous les dévouements.

— Madeleine, dit André en changeant tout à coup d'entretien, quel parti prendrez-vous maintenant que vous savez que je ne veux pas me marier ? Ce qui arrive aujourd'hui doit nous servir d'enseignement ; tôt ou tard on peut découvrir qu'aucun lien de famille ne nous unit, et alors...

Il ne se sentit pas la force d'achever.

Madeleine rappelée par ces paroles au sentiment réel de sa position, tressaillit, et bientôt faisant violence à sa douleur :

— Demain, lui répondit-elle d'une voix grave, je vous apprendrai ce que Dieu m'aura conseillé cette nuit.

André se retira sans prononcer un mot.

Il ne put dormir de toute la nuit. Devant lui se dressait incessamment, terrible et ménaçante, l'inscription que chacun avait pu lire le matin sur les murs de sa maison. Elise leva aux premières clartés de l'aurore.

Madeleine, pendant ce temps, songeait, retirée dans son appartement, à la fatale révélation d'André, et ses esprits flottaient irrésolus entre divers projets. Enfin la grandeur de son devoir de mère lui enseigna le sacrifice qu'elle devait s'imposer. Une larme brilla dans ses yeux, puis elle regarda le ciel comme pour lui apprendre qu'elle était résignée. Quelques secondes plus tard, elle entrait dans la chambre d'André.

— Eh bien! lui demanda-t-il d'une voix étouffée, qu'avez-vous résolu, Madeleine?

— Écoutez-moi, répondit-elle.

XI.

Madeleine, à la vue des ravages qu'une nuit de désespoir avait empreints sur les traits de Morin, sentit sa résolution faiblir. Mais s'armant bientôt de ce courage qu'on ne trouve qu'aux heures décisives de la vie :

— André, lui dit-elle, vous m'avez dicté vous-même hier mon devoir, il faut que nous nous séparions; demain je partirai pour la France.

André, à qui n'était jamais venue la pensée d'une séparation complète, ne put retenir un mouvement d'effroi.

— Vous partez! s'écria-t-il.

— Oui; mon honneur, celui de mon enfant l'exigent.

— Vous partez! et que voulez-vous que je devienne, si vous partez?

— Croyez-vous que je ne souffre pas de ce sacrifice?

— Mais vous ne perdez que moi, vous! Moi, ce n'est pas seulement vous que je perds, c'est Amaury aussi!

— Mon enfant!

— Oui, votre enfant qui est devenu le mien par la tendresse que je lui porte; votre enfant dont j'avais fini par me croire le père ; oh ! par compassion, par générosité, Madeleine, ne m'enlevez pas tous mes bonheurs à la fois, j'en mourrais, voyez-vous bien, j'en mourrais !

Si Madeleine l'eût osé, elle se fût précipitée dans les bras d'André pour le remercier de l'amour qu'il portait à son fils.

— Partez, reprit-il tristement, partez si votre résolution est irrévocable, mais laissez-le-moi, lui ! Dans un an, dans six mois, lorsque je me serai accoutumé à votre absence ; je vous le rendrai. Oh ! laissez-le-moi, j'en aurai bien soin, et je l'aimerai comme vous l'aimez !

Madeleine garda le silence.

— Je suis un insensé, poursuivit bientôt André ; ce que je vous demande est impossible ; emmenez-le avec vous, abandonnez-moi, oubliez-moi, je ne souffrirai pas long-temps.

Ayant prononcé ces mots, il se leva et sortit.

Madeleine se rendit dans sa chambre, et s'occupa des préparatifs de son départ. André, vers le milieu de la journée, l'envoya chercher; elle accourut.

— Vous trouverez ici, lui dit-il en ouvrant un livre de comptes, inscrit jour par jour le résultat de nos opérations depuis notre arrivée à Rio.

— A quoi bon? dit Madeleine.

— Notre bénéfice est de cent vingt mille francs : voici les soixante mille francs qui vous reviennent.

Et il lui présenta un portefeuille rempli de valeurs.

— Non, non, dit Madeleine en le repoussant.

— N'étions-nous pas associés!

— Gardez cet argent, André, je n'en veux pas.

— Mais cet argent vous appartient.

— Je n'en veux pas, vous dis-je.

— Oh! pour votre enfant, murmura-t-il d'une voix suppliante en mettant le portefeuille dans les mains de Madeleine; pour votre enfant!

— Oui, vous seul parmi tous les hommes méritiez d'être son père, s'écria la pauvre mère dans un involontaire élan d'admiration.

Ce cri sorti tout à la fois de ses lèvres et de son cœur, fut pour André une soudaine révélation de tout un monde nouveau.

— Eh bien! répondit-il, voulez-vous que je le devienne, son père?

Madeleine le regarda, étourdie, éperdue.

— Voulez-vous que je le devienne? répéta André.

— Non, non, c'est impossible, dit-elle en se cachant le front dans les mains.

— Époux devant Dieu et devant les hommes, poursuivit solennellement André, nous demeurerons, Madeleine; ce que nous avons été jusqu'à ce jour; vous serez ma femme aux yeux de tous, pour moi vous ne serez qu'une sœur.

— Mon Dieu, mon Dieu, dit Madeleine, pourquoi avez-vous mis autrefois dans mon cœur un amour insensé?

— Madeleine, reprit André, ce n'est pas pour moi, c'est pour votre enfant que je vous implore, pour votre enfant qui n'aura pas de nom et qui plus tard viendra vous demander comment s'appelait son père.

— Non, répondit-elle, car il y aurait lâcheté à accepter ce dévouement nouveau; non, car si vous me croyez encore digne de vous, je je ne m'en crois plus digne; non, car tôt ou tard vous vous repentiriez de m'avoir donné votre nom, et j'en mourrais de douleur et de honte.

— Ainsi, dit André avec des larmes dans

la voix, vous ne voulez pas que votre enfant me nomme son père?

— Mais vous l'aimez donc bien? interrompit Madeleine.

— C'est le fruit de votre amour, c'est le débris vivant de votre félicité passée, c'est l'image de celle que j'avais rêvée, c'est le malheur et le bonheur de ma vie tout à la fois, enfin c'est vous et moi réunis, et vous me demandez si je l'aime?

— Et jamais vous ne me reprocherez sa naissance?

— Ne suis-je point déjà presque son père?

— Eh bien! soyez-le tout-à-fait, répondit Madeleine vaincue par la touchante éloquence d'André.

— Oh! merci, merci, s'écria-t-il en embrassant ses genoux.

XII.

Le jour fixé pour le mariage d'André et de Madeleine était enfin arrivé; une heure avant la cérémonie nuptiale, André songeait douloureusement dans sa chambre au serment qu'il avait fait à Madeleine de ne voir jamais qu'une sœur en elle, et cette pensée lui serrait le cœur. Des cris joyeux vinrent l'arracher à ses pénibles préoccupations.

Il se leva, et se rendit bientôt avec Madeleine à l'église Notre-Dame de la Gloire, suivi d'un nombreux cortége.

Rangés sur une double haie, et vêtus de leurs habits de fête, les ouvriers d'André saluèrent son retour par de longues acclamations.

A la célébration du mariage succéda le repas de noces.

A minuit les invités se retirèrent.

Demeurés seuls, André et Madeleine s'assirent craintivement à quelques pas l'un de l'autre, sans prononcer une parole. Dans l'embarras qu'éprouvait Madeleine, perçait une vague tristesse, — un remords du passé peut-être.

— N'est-il pas temps de rentrer chez vous? dit enfin André à sa femme.

Elle se leva, son mari la suivit. Arrivé à la porte de sa chambre, il lui tendit la main en signe d'adieu.

— Ne venez-vous point embrasser votre fils? lui dit-elle d'un son de voix si doux qu'il ressemblait à une prière.

L'appartement de Madeleine se composait de deux pièces. Elle avait fait son salon de la première. La seconde servait pour elle et son fils de chambre à coucher.

André, qui n'avait jamais franchi le seuil de cette demeure, crut en y entrant respirer l'air d'un autre monde. Il regardait avidement tous les objets qui frappaient sa vue comme s'il voulait se les graver dans les yeux; il les effleurait tour à tour de la main à la dérobée, comme pour garder avec lui quelque chose de Madeleine.

— Que pensez-vous de mon petit réduit? lui dit sa femme : vous vous attendiez, n'est-ce pas, à le trouver plus élégant? Et, mon Dieu, à quoi m'eût servi de l'orner; quel ornement pour moi eût valu celui-ci?

Et elle lui montra son enfant qui dormait.

André s'approcha d'Amaury, se pencha sur son front, le baisa doucement pour ne le point éveiller, puis se tournant vers Madeleine, il lui prit la tête à deux mains, l'appuya contre sa bouche et s'enfuit.

De retour dans sa chambre, il se jeta tout habillé sur son lit. Ses yeux étaient éteints, ses lèvres décolorées.

— Je suis insensé, dit-il tout à coup en se levant.

Et parcourant sa chambre à grands pas :

— Mon Dieu, reprit-il bientôt, n'être séparé d'elle que par un intervalle de quelques pieds, et songer que cet intervalle est un abîme pour moi ! Là, c'est le rêve de ma vie entière réalisé ; ici, c'est le désespoir ! Si encore, poursuivit-il, je pouvais laisser devant elle éclater les cris de ma douleur, tomber de mes yeux les pleurs qui les brûlent ! Hélas ! la triste consolation des plaintes et des larmes m'est défendue, et ma vie est condamnée à n'être qu'un perpétuel mensonge !

Les sanglots lui coupèrent la voix.

Le jour était venu qu'André, la tête dans ses mains, pleurait encore.

XIII.

Une année s'était écoulée. André avait tenté inutilement de tuer sa fatale passion; il chercha contre elle un allégement dans sa tendresse pour Amaury.

Amaury du reste, par ses grâces naïves et

la reconnaissance intelligente qui perçait déjà dans ses paroles, justifiait bien la tendresse de son père adoptif. Il entrait dans sa quatrième année, et ses yeux en s'ouvrant à la lumière étaient pour ainsi dire tombés sur André. Trop jeune pour se rappeler qu'un autre l'avait aussi tenu sur ses genoux, endormi aussi tout petit dans son berceau, il ne connaissait que lui, et déjà ses caresses et ses sourires lui disaient qu'il était tout seul son père.

L'affection d'André pour le fils de Madeleine devint en peu de temps de l'idolâtrie. Condamné à refouler au fond de son âme son intuable amour, il reversait sur l'enfant la tendresse qu'il lui était interdit de témoigner à la mère. Des baisers dont il couvrait le front, les joues et les yeux d'Amaury, la moitié allait trouver invisiblement les yeux, les joues et le front de Madeleine; Amaury était pour lui comme un céleste réservoir dans lequel il laissait tomber goutte à goutte le trop plein de ses lèvres et de son cœur ; c'était un mystérieux intermédiaire enfin entre son âme et celle de la femme qu'il aimait.

Madeleine cependant avait fini par soupçonner qu'un violent amour se cachait sous la respectueuse tendresse d'André ; ce soupçon devint bientôt une certitude. Profondément affligée de cette découverte, elle résolut, au moyen d'un refroidissement sagement gradué, de lui interdire tout espoir.

André s'était résigné courageusement à n'occuper dans l'affection de sa femme que la place d'un frère ; mais quand il vit ce dernier débris de son ancien rêve d'amour s'écrouler, le plus sombre désespoir s'empara de lui, et cependant son cœur demeura scellé comme ses lèvres. A son activité succéda le découragement. Il négligea ses travaux, ne vint plus que rarement dans ses ateliers, puis enfin il cessa tout à coup d'y paraître.

Madeleine touchée de compassion redevint bientôt pour lui ce qu'elle avait été autrefois, et le pauvre André, réchauffé à la douce chaleur de cette tendresse qui se ranimait afin de le sauver, recouvra comme par enchantement l'énergie, la santé, et, à défaut du bonheur, le sommeil de toutes ses souffrances.

Le danger qu'il avait couru, sa guérison inespérée, le souvenir de la générosité d'André toujours présent à la mémoire de Madeleine, l'admiration, la vénération qu'il lui inspirait, devait inévitablement opérer une réaction dans le cœur de la jeune femme.

Rarement on aime deux fois, — jamais de la même manière. Un premier amour peut, à la rigueur, être remplacé par un second, mais celui-ci ne ressemblera point à l'autre. Madeleine avait ressenti pour Maxime une passion instantanée, rapide, involontaire. Cette passion était tombée sur son cœur comme la foudre qui incendie. L'amour qu'André devait lui inspirer un jour ne pouvait éclore que lentement en son âme, y pénétrer sans secousses, mais une fois entré, n'en plus sortir. Ces affections-là, moins brusques et moins splendides que les autres, sont coulées, pour ainsi dire en bronze, et le temps lui-même qui détruit tout, ne fait qu'accroître leur solidité.

Madeleine épouvantée d'abord de l'amour d'André, s'accoutuma peu à peu, et par un sentiment de pitié généreuse, à la muette adoration dont elle était l'objet; puis bientôt, se comparant à lui, elle eut honte d'elle-même. Comme lui elle avait aimé, et son amour trahi s'était éteint après quelques luttes. Celui d'André au contraire avait survécu dans son cœur deux fois mutilé.

Cette tendre compassion la conduisit à son insu vers un sentiment plus doux. Ce n'était pas encore de l'amour, mais déjà c'était quelque chose de plus que l'affection d'une sœur. Elle ne se surprenait pas encore à souhaiter sa présence, mais elle était heureuse de le voir. Quelquefois même, cherchant contre son trouble un refuge auprès de son enfant, elle le prenait sur ses genoux, l'embrassait, et André, l'instant d'après, posait à la dérobée ses lèvres sur la place toute chaude encore de ses baisers maternels.

Madeleine touchée de cet ingénieux manége aurait voulu pouvoir recommencer sa vie afin de la lui consacrer tout entière.

Leurs distractions les plus douces étaient des promenades solitaires dans les environs de la ville. Un jour ils gravissaient les flancs du Corcovado ou les sommets de Boa-Vista; ils poussaient d'autres fois leurs excursions jusqu'à la pittoresque cascade de Trijonka ; le plus souvent ils s'aventuraient dans la longue chaîne des Orgues, puis à la tombée de la nuit, ils rentraient dans la ville en s'entretenant tout bas de l'avenir de leur enfant. Au retour, André disait tristement bonsoir à Madeleine qui inventait souvent d'innocents prétextes pour retarder l'instant de leurs adieux.

Une nuit qu'André rêvait dans sa chambre, étendu sur une natte, un bruit de pas monta de la cour jusqu'à lui. Il prêta l'oreille, le bruit cessa. Bientôt il se fit de nouveau entendre. Surpris, André descendit, ne vit personne et remonta. Arrivé devant sa porte, il s'arrêta, puis franchit tout à coup l'escalier qui conduisait à l'appartement de Madeleine, et aperçut la clef sur la porte. Inquiet sans pouvoir se rendre compte de sa crainte, il ouvrit.

Chaque objet était parfaitement en place dans

la première pièce ; André respira et revint sur ses pas. Près de sortir, une vague inquiétude l'assaillit de nouveau, et il entra sans hésiter dans la chambre à coucher de sa femme.

Une veilleuse brûlait sur la cheminée, et bientôt Madeleine lui apparut. Son visage gracieux semblait s'épanouir dans un sourire que le sommeil n'avait pas interrompu. Ses cheveux bruns s'échappaient des grandes épingles d'acier ciselé qui ne les retenaient plus qu'à demi, et baignaient ses épaules d'un flot de soie parfumée.

Un nuage de feu passa devant les yeux d'André. Il voulut fuir, un charme tout puissant l'enchaînait en ce lieu. Il demeura pendant quelques minutes en extase, immobile, puis il s'avança doucement, bien doucement, vers le lit où reposait Madeleine, et il s'agenouilla en silence.

Amaury en ce moment murmura le nom de

sa mère. André, éperdu, se leva aussitôt, se pencha sur le front de Madeleine, lui baisa les cheveux et se retira précipitamment.

Madeleine s'éveilla en sursaut.

Elle regarda autour d'elle, et n'aperçut personne. Bientôt elle entendit André descendre l'escalier et rentrer chez lui; alors elle se souvint qu'elle avait oublié de fermer sa porte. Agitée par mille impressions diverses, elle demeura pensive jusqu'au jour.

XIV.

Un second Amour.

Tous les romans de l'amour se ressemblent par le fond, la forme seulement varie. Les uns peuvent s'écrire en prose ; plus chastes, plus éthérés, les autres, pour être traduits dignement, exigeraient les délicatesses du langage poétique.

Madeleine attirée peu à peu et à son insu vers André, avait enfin compris la poésie de l'amour. Chaque jour avait ses petits incidents, ses épisodes imprévus, aliments renouvelés sans cesse, qui entretenaient dans son cœur, en la redoublant, la flamme qu'André y avait récemment allumée.

Comme un voyageur égaré qui marche au hasard dans les ténèbres, et tout à coup s'arrête au bord d'un gouffre, André, après s'être enivré longuement d'amour dans les regards de Madeleine, par un brusque revirement sur lui-même, reculait épouvanté. Madeleine alors rappelée au sentiment de sa position, redevenait sérieuse comme autrefois, et André se disait en soupirant :

— Pauvre fou que j'étais !

Puis il s'éloignait sans adresser la parole à

sa femme qui comprenait la cause de son silence, souffrait de le voir souffrir, aurait voulu lui demander pardon de son passé, et lui avouer au milieu de ses larmes qu'elle l'aimait.

Cet état de choses se fût prolongé longtemps encore sans la circonstance que nous allons raconter.

Amaury avait cinq ans, et son intelligence précoce s'était développée aux dépens des forces de son corps. André, dans sa sollicitude paternelle, pensa que l'air vivifiant des montagnes serait salutaire à son enfant, et il fit l'acquisition d'une petite maison de plaisance à une lieue et demie de Rio, aux abords de la cascatelle Mai-d'Agoas (mère des ondes), qui, au moyen d'un immense aqueduc, épanche ses eaux dans les fontaines publiques de la ville.

Cette maison assise sur le versant d'une monticule s'encadrait dans un site pittoresque. A sa droite apparaissaient, semblables à des plaines verdoyantes, de grandes forêts de pins et de cèdres; à sa gauche, le palais St-Christophe, résidence impériale; à ses pieds, les églises de Sainte-Croix, de Saint-Sébastien, de Notre-Dame de la Chandeleur, l'hôtel de la Monnaie, l'arsenal, le théâtre, le Cours public planté de manguiers et de lauriers-roses; puis, à l'horizon, la rade de Rio tout en feu, sous les rayons du soleil. Il fut décidé qu'on s'établirait au plus vite dans cette charmante villa, et Madeleine s'occupa de la meubler et de la décorer.

Deux ou trois jours après, un matin, elle entra toute joyeuse dans le cabinet de travail d'André, et lui annonça qu'ils dîneraient à leur maison de campagne.

Ils quittèrent Rio l'après-midi.

Après une heure de marche, André, Madeleine et Amaury aperçurent de loin se détachant en vert sur les flancs grisâtres de la montagne, non loin de la cascade, leur jolie maisonnette baignée dans une vapeur de pourpre et d'or.

Ils doublèrent le pas.

Madeleine, lorsqu'ils furent arrivés, conduisit André sous une tente, au milieu du jardin, puis elle s'éloigna et revint bientôt avec les provisions du dîner. Le repas achevé, on visita le jardin. Madeleine montra à son mari les embellissements qu'elle avait dirigés. Ici, on avait creusé une allée; là, on avait planté des cocotiers, des cerisiers, des pampelmousses, des orangers et des myrthes; plus loin, on avait construit une terrasse d'où le regard embrassait la ville et la mer.

— Allons voir la maison, dit bientôt André.

Un sentier y conduisait; ils le prirent.

Madeleine, à mesure qu'elle approchait, ralentissait son pas. Une vague inquiétude se lisait sur son visage. Près d'entrer dans la maison, elle s'arrêta toute tremblante.

— Qu'avez-vous? lui demanda André.

— Rien, répondit-elle.

Et ils entrèrent.

Une partie du rez-de-chaussée avait été transformée en salle à manger, l'autre en salon.

Restait le premier, l'unique étage. Trois pièces qui se communiquaient à l'intérieur, et ouvraient sur le carré, le composaient.

— Que dites-vous de la chambre d'Amaury? dit Madeleine en montrant à son mari un cabinet meublé avec une simplicité charmante.

— C'est un petit paradis, répondit André.

Puis il poussa la porte du cabinet, et la chambre de Madeleine s'offrit à ses regards.

Elle était tendue d'un papier brun à petites raies vertes; à droite, on voyait un lit en noyer avec de grands rideaux blancs; à gauche, un buffet également en noyer; contre la fenêtre, deux fauteuils, une table ronde, et au-dessus de la cheminée un petit miroir.

— Mais c'est votre chambre de la rue Saint-Lazare ! s'écria André dont le visage exprimait le plus vif étonnement.

— Entrons chez vous maintenant, lui dit Madeleine en l'entraînant dans la troisième chambre.

A peine André fut-il entré qu'il recula.

Sa couchette en bois peint de la rue Saint-Lazare, sa table, ses trois chaises, son unique rayon de bibliothèque, sa vieille commode laminée de cuivre venaient de frapper ses regards.

— Mais c'est aussi ma chambre ! murmura-t-il en s'appuyant contre le mur.

Il se fit un moment de silence.

Madeleine le rompit.

— Oui, c'est votre chambre de Paris, dit-elle en tenant ses yeux baissés, comme celle-là est la mienne ; rien ici n'est changé que nous.

Elle s'arrêta, puis reprit bientôt :

— André, prononcez un mot, et je redeviendrai pour vous la Madeleine de la rue St-Lazare que vous aimiez d'une affection si tendre, et vous, vous serez pour moi ce que vous êtes déjà, l'élu de ma reconnaissance et de mon cœur.

— O Madeleine, répondit André d'une voix étouffée, c'est la vie, c'est le bonheur, c'est le ciel que vous me faites entrevoir..... Oh ! mais non, ajouta-t-il presque aussitôt, ce que je vois, ce que j'entends est un songe... Oh ! ne me réveillez pas, Madeleine, ne me réveillez pas !

— André, André, je vous aime, lui dit sa femme en se jetant dans ses bras.

XV.

Maxime de Rieux dont le lâche abandon eût tué Madeleine sans la présence d'André Morin, longeait quelques jours après son départ de Londres l'avenue de tilleuls qui conduisait au château de son père. Son visage était triste, et dans ses yeux mornes se devinait le repentir. Son amour pour Madeleine, usé si rapidement par la misère, ne pouvait plus, comme l'oiseau de la fable, renaître de ses cendres; mais le souvenir de cette pauvre enfant délaissée loin de la France, sous le double coup du désespoir et de la honte, se dressait devant lui. Puis il songeait bientôt à son fils tant aimé qu'il ne devait plus revoir, et dont la vie allait s'écouler obscure et misérable. Par moment une larme mouillait ses yeux, et il s'arrêtait incertain s'il poursuivrait sa route ou s'il reviendrait sur ses pas.

Tout à coup le château des anciens présidents de Rieux sortit du milieu de l'épais rideau d'arbres qui le cachait à ses yeux. Il lui sembla de loin voir sa mère qui lui faisait signe d'aller en avant, et quand cette vision se fut dissipée, Amaury et Madeleine étaient loin de sa pensée et de son cœur.

Peu de temps après, la grille du château s'ouvrait devant lui ; et il courait s'agenouiller sur le tombeau de sa mère.

M. de Rieux était dans la grande salle du château, gravement assis, lorsque Maxime parut à ses regards. A la vue de son fils, il fit un mouvement comme pour lui ouvrir les bras. Puis bientôt, honteux de cette faiblesse, il dit à Maxime d'une voix sévère :

— Vous avez bien tardé !

Le jeune homme se précipita à ses genoux.

— C'est bien, reprit-il en l'arrêtant.

Maxime dont l'élan de tendresse fut soudainement comprimé par cet accueil glacial, se releva en silence.

— Je vous ai fait préparer un appartement, continua M. de Rieux, vous pouvez vous y installer.

Maxime le salua et sortit.

Huit jours s'étaient écoulés. Maxime ne

voyait son père qu'aux heures des repas, et nulle affectueuse parole, nulle tendre expansion n'avaient rompu l'uniformité cérémonieuse qui présidait à ces rapides entrevues. Se renrenfermant dans une dignité magistrale, l'ancien président semblait avoir oublié qu'il fût père. Du reste, aucun reproche du passé; aux yeux du vieux gentilhomme, c'eût été déroger. Dans le premier moment, Maxime lui sut gré de ce silence; puis, lui apparaissant enfin sous son véritable jour, cette indulgence revêtit à ses yeux le caractère d'une condamnation tacite, et dès lors il ne vit plus dans M. de Rieux un père, mais un maître inflexible, mais un juge à la façon de ceux du Conseil des Dix, à Venise, — muets et tuant dans l'ombre.

Un soir M. de Rieux annonça à son fils qu'ils iraient le lendemain rendre visite à l'un de ses vieux amis.

Le lendemain Maxime arriva dans un antique château seigneurial, sans savoir le nom de l'homme devant qui il allait se trouver.

— Monsieur de Kergolen ! dit M. de Rieux à Maxime en le présentant à un vieillard qui était venu les recevoir à la porte du vieux manoir.

Ce fut tout.

On s'enfonça sous les arbres du parc.

Les deux vieillards marchaient en avant et se parlaient à mi-voix. Maxime les suivait tout pensif. Les accords d'une harpe l'arrachèrent tout à coup à ses pensées. Puis une voix se fit entendre.

M. de Kergolen et M. de Rieux poursuivirent leur chemin, se parlant toujours à voix basse.

Maxime s'arrêta pour écouter.

La voix mélodieuse semblait partir du milieu d'un massif d'arbres.

Il plongea ses regards dans l'épaisseur du

feuillage, et il entrevit dans un pavillon une jeune fille.

Son père et M. de Kergolen n'étaient plus qu'à vingt pas du château, il les rejoignit.

Quelques minutes plus tard, l'ancien président demeuré seul avec son fils lui apprenait que M. de Kergolen, issu d'une des plus anciennes maisons de Bretagne, était immensément riche, en haute faveur auprès de l'empereur Napoléon ; puis il ajouta :

— Vous avez vingt-six ans, vous êtes sans position, et M. de Kergolen, en faveur de la vieille amitié qui l'unit à moi, veut bien s'employer pour qu'on vous en fasse une.

— Et laquelle, mon père? dit Maxime.

— Vous êtes trop âgé pour entrer dans la magistrature, répondit son père ; d'autre part, on n'achète plus de régiment comme autrefois : une seule carrière digne de mon nom vous est ouverte, M. de Kergolen obtiendra qu'on vous nommé secrétaire d'ambassade; votre mérite, si vous en avez, fera le reste.

La porte du salon s'ouvrit, et M. de Kergolen reparut. Une jeune fille l'accompagnait. Elle accourut au-devant de M. de Rieux qui se pencha sur son front et y mit un baiser. Maxime s'était respectueusement incliné.

Mademoiselle Fernande de Kergolen entrait dans sa dix-huitième année. Le charme adorable de ses traits frappait moins, au premier aspect, que son éclatante pâleur. A la voir, on eût dit que le sang circulait à regret sous l'épiderme transparent de son corps délicat. Vous connaissez la ballade allemande de Rosegarten? — Eh bien! Fernande avec sa robe blanche, ses longs cheveux noirs flottants, ses yeux d'un bleu foncé et sa démarche grave, rappelait le poétique fantôme qui vint à minuit trouver le jeune Athénien dans sa solitude de Corinthe. On aurait pu volontiers se surprendre à écouter quel bruit faisait son pas lorsqu'elle marchait, ou à regarder si ses pieds laissaient sur le sable l'empreinte de leur passage.

Maxime, à la vue de Mademoiselle de Kergolen, éprouva un vif sentiment d'admiration pour sa beauté.

Le soir du même jour, M. de Rieux lui apprenait que Fernande de Kergolen était la personne dont il lui avait parlé dans une lettre, et que sous un mois elle serait sa femme.

Résigné à expier les erreurs de sa jeunesse par une soumission aveugle aux volontés de son père, Maxime s'inclina sans répondre.

Un mois plus tard, mademoiselle de Kergolen se nommait madame de Rieux.

XVI.

Maxime à défaut du bonheur trouva le calme dans son union. Pas un orage ne vint soulever les flots tranquilles de sa vie. Fernande l'aimait de cette affection raisonnable qui commence à l'amitié et finit à l'amour. Son mari était à ses yeux le protecteur qui avait succédé à son père, et le respect chez elle absorbait tout autre sentiment. Soumise à l'avance aux ordres de Maxime, son obéissance manquait de cet élan qui parfois la fait ressembler à une approbation. Touché de tant de douceur et de résignation, vainement il essaya de jeter dans l'âme de sa femme les germes d'émotions plus tendres; elle se réfugiait toute tremblante, ainsi qu'en un sanctuaire, dans les restrictions d'une affection froidement respectueuse. Maxime renonça bientôt à l'espoir d'animer cette belle statue. Mais comme il lui fallait une passion, il se fit ambitieux pour donner un but à sa vie. Doué d'un jugement droit, d'un tact exquis, d'une pénétration voisine de la devination, il put bientôt espérer, à la faveur des amis puissants qu'il s'était créés, d'être nommé ambassadeur.

Ce fut vers cette époque que son père mourut

et que Fernande mit au monde un fils. Maxime sollicita un congé, et il accourut à Paris embrasser son enfant.

L'année suivante il était nommé ambassadeur, et sa femme donnait le jour à un second fils.

Neuf ans plus tard Napoléon tombait; le baron Maxime de Rieux resta debout.

Tour à tour appelé pendant vingt ans à représenter la France auprès des principales cours étrangères; estimé, redouté, chargé de titres, grand'croix de la Légion-d'Honneur, chevalier de la Toison-d'Or, grand d'Espagne, nommé comte par Louis XVIII, et duc tout récemment par Charles X, M. de Rieux après vingt ans d'une vie agitée se sentit pris tout à coup d'un désir invincible pour la retraite; et, âgé de quarante-huit ans à peine, il s'exila volontairement du splendide théâtre de ses succès, pour venir habiter le château où s'était écoulée son heureuse enfance.

Ses enfants étaient maintenant tout ce qu'il aimait au monde; souvent séparé d'eux, il n'avait point un seul instant cessé d'être leur père. De près ou de loin avait existé entre eux et lui un continuel échange des plus vives affections. Enfin le jour si long-temps désiré arriva où il lui fut permis de vivre au milieu de sa famille.

Ce jour devait être suivi de tristes lendemains.

Le duc de Rieux était à peine installé dans son château patrimonial, que l'aîné de ses fils atteint d'une maladie de langueur mourut dans ses bras. Il le pleurait encore lorsque la même maladie emporta son autre fils dans le cours de la même année.

La douleur faillit égarer sa raison.

Charles X voulant l'arracher à son désespoir

lui fit proposer une importante ambassade ; le duc la refusa, et pendant deux ans il ne sortit point de son château. Souvent on le voyait, vêtu d'habits de deuil, parcourir à la tombée de la nuit son parc solitaire, et aller s'agenouiller sur deux tombes.

En perdant ses fils, il avait tout perdu. Que lui importaient maintenant son nom illustre, son immense fortune? à qui les transmettre?

— O mon Dieu, disait-il quelquefois, si au moins vous m'en aviez laissé un.

Puis il tombait bientôt dans un morne désespoir, plus effrayant que les cris de sa douleur.

Cet homme dans la force de l'âge, beau encore, riche à millions, cet homme qui avait derrière lui un passé glorieux, devant lui un avenir illustre, et qui n'avait qu'à se baisser pour ramasser des titres, eh bien! ce qui faisait son malheur, c'étaient ses trésors, c'était son grand nom, c'étaient ses titres, condamnés à mourir avec lui.

Semblable au vautour qui dévorait le sein de Prométhée, la pensée de ne laisser après lui aucun héritier de son nom consumait sa vie. Son affliction était d'autant plus profonde qu'un miracle seul pouvait y apporter quelque soulagement.

Ce miracle eut lieu.

Le duc essuya un jour ses larmes, se dépouilla de ses habits de deuil, alla trouver la duchesse, et lui annonça que le lendemain il quitterait son château.

— Vous retournez à Paris? lui demanda Fernande.

— Non, madame, je vais voyager; je vais en Angleterre, en Irlande, en Italie, en Allemagne, aux États-Unis, que sais-je? au bout du monde!

— Est-ce que je vous accompagnerai?

— Je pars seul, madame.

— Et quand reviendrez-vous?

— Quand il plaira à Dieu.

Le lendemain, ainsi qu'il l'avait annoncé, il s'éloignait de son château, accompagné d'un vieux serviteur.

Où allait-il?

Le duc Maxime de Rieux, au milieu de ses larmes, s'était tout à coup souvenu de l'enfant de son unique amour, du fils de la petite ouvrière de la rue St-Denis, d'Amaury qu'il avait abandonné au berceau, d'Amaury qui, s'il existait encore, devait avoir vingt-six ans, d'Amaury à qui il voulait transmettre son nom et sa fortune.

La mémoire lui revenait bien tardivement.

L'orgueil seul la lui avait rendue.

Trois jours plus tard le duc arrivait à Londres.

— O mon Dieu, mon Dieu, pensa-t-il du plus loin que ses regards purent entrevoir les toits ardoisés d'Oxford-Street, d'où vingt-trois ans auparavant il était parti sans même embrasser Amaury, faites que je retrouve mon fils, et j'emploierai ma vie à bénir votre nom.

XVII.

La Révélation.

André, depuis le jour où Madeleine lui avait avoué qu'elle l'aimait, avait vu s'ouvrir devant lui une vie nouvelle. Cet amour sollicité tout bas avec une résignation si persévérante avait été pour lui la riante promesse d'un bonheur qui ne devait plus finir. Il ne fut point trompé dans son espoir. Les transformations successives qu'avait subies, avant de devenir de l'amour, l'affection de Madeleine, étaient d'ailleurs une garantie de la durée du tendre sentiment éclos à la longue dans son cœur. Puis, quoique innocente, Madeleine avait beaucoup à se faire pardonner. La passion d'André accueillie, repoussée ensuite, trompée, oubliée, ses désespoirs silencieux, ses larmes, ses jalousies, ne criaient-ils point réparation ?

Elle fut complète, et André, au milieu de l'ivresse de sa félicité présente, perdit jusqu'au souvenir des amères épreuves de sa vie passée.

Possesseur d'une fortune considérable, acquise par quinze années d'un travail opiniâtre, il résolut enfin, de concert avec sa femme, de revoir la France. Son fils, est-ce utile de le dire, n'avait point été étranger à cette résolution.

Amaury avait dix-neuf ans.

Pressé par son père d'embrasser une carrière, il avait choisi celle du barreau. Ce choix fut la principale cause du retour d'André en France après une absence de vingt et un ans.

Il alla s'établir à Marseille, et quelques années plus tard, Amaury revêtait la robe d'avocat.

Un jour que Madeleine occupée à broder était assise à côté de Morin auprès du feu, Amaury qui faisait à voix haute la lecture du journal s'interrompit un instant, puis il poursuivit sa lecture en ces termes :

« Une jeune fille de Marseille abandonnée,
« dit-on, par son séducteur a voulu se tuer
« avant-hier avec son fils. Le hasard a amené
« la découverte de ce crime, mais l'enfant était
« déjà mort. La mère a été mise à la dispo-
« sition du procureur du roi. On instruit
« l'affaire. »

Madeleine, à mesure qu'Amaury lisait, s'était peu à peu redressée sur sa chaise, en proie à une vive émotion. Lorsque son fils eut achevé, elle appuya convulsivement la main sur son front comme pour tâcher d'en arracher un souvenir pénible. André semblait partager son anxiété.

— Et dire, reprit bientôt Amaury, qu'il est des avocats qui ne rougissent pas de prostituer leur talent dans de semblables causes, comme si de pareils crimes ne méritaient pas la mort?

Madeleine essuya à la dérobée la sueur froide qui coulait de son front.

— Tu raisonnes comme un fou, dit brusquement André à son fils.

Amaury le regarda avec étonnement.

— Oui, comme un fou, répéta André.

— Eh bien! sois donc notre juge, repartit Amaury en s'adressant à Madeleine, et dis-nous si une femme qui tue ou tente de tuer son enfant est digne de la pitié d'un tribunal?

Madeleine courba la tête comme sous une accusation.

André suffoquait.

— Je ne suis rien, dit-il tout à coup d'un accent plein d'une énergie puisée tout entière dans son affection pour sa femme, je ne sais rien, mais j'ai une morale et une justice à moi, et elles me disent qu'il n'est pas de crime, si grand qu'il soit, qui ne doive appeler sur lui la compassion de ses juges.

— Oui, il en est, mon père, mais pas celui dont nous parlons.

— Celui-là plus que tout autre, celui-là avant tout autre, répliqua André en se croisant tranquillement les bras.

Madeleine immobile semblait clouée à son fauteuil comme a un pilori.

— Voyons, érige-toi maintenant en défenseur de l'infanticide ! dit Amaury.

— Je suis plus avancé que toi dans la vie, poursuivit Morin, et l'expérience c'est la science. J'ai souvent assisté par la lecture à l'un de ces drames terribles qui font aujourd'hui le sujet de notre entretien, j'ai entendu parler souvent de têtes coupées par le bourreau qui seraient encore debout sur leurs épaules si j'avais tenu dans mes mains la balance et le glaive qu'on donne pour attributs à la justice, et cependant, mon fils, le glaive ne fût pas demeuré dans son fourreau.

— Et sur qui serait-il retombé? repartit Amaury.

— Sur qui? s'écria André : il n'y a qu'un instant, tu voulais prendre ta mère pour juge entre nous, eh bien ! interroge-là, car elle me comprend, j'en suis sûr, et tu verras si son silence de tout à l'heure te donnait gain de cause? Mais non, non, ne l'interroge pas, ajouta-t-il aussitôt en remarquant l'effroi toujours croissant de Madeleine, et écoute ce que j'ai à te raconter.

Amaury prêta l'oreille.

— J'étais bien jeune en ce temps-là, poursuivit André Morin; j'avais ton âge, et je n'étais point encore l'époux de ta mère. Sur mon carré demeurait une jeune femme; née de parents pauvres et orpheline à quinze ans, elle avait dû se marier avec un ouvrier; ce mariage n'eut pas lieu. Un jeune homme riche et noble le rompit. Éblouie par les manières et par le langage de ce jeune homme, la pauvre enfant l'écouta.

— Et il la séduisit, dit Amaury.

— Il l'épousa. Un an plus tard, elle mettait au monde un fils, et deux ans après la naissance de ce fils, cet homme, époux et père, abandonnait sa femme et son enfant. La tête de la pauvre délaissée s'égara, le désespoir la rendit folle, et elle chercha dans une double mort un refuge à sa honte et à celle qui attendait un jour son enfant.

— Quelle honte? interrompit Amaury, ne m'as-tu pas dit qu'elle était mariée?

— Mariée à Londres, reprit André, mariée sous la sauvegarde de lois qui tombent lorsqu'on met le pied hors de l'Angleterre! mariée sans savoir qu'une union bénie par un prêtre et sanctifiée par Dieu dans un pays pût être méconnue, annulée dans un autre, grâce à notre législation et à la lâcheté d'un homme parjure!

— C'est différent, murmura Amaury devenu attentif.

— J'avais deviné sans les voir, continua Morin, toutes les luttes, toutes les souffrances, toutes les larmes de cette pauvre femme. La veille encore elle pouvait marcher la tête haute, elle pouvait aimer sans rougir son enfant ; vingt-quatre heures s'étaient écoulées ; et le premier venu avait le droit d'appeler son fils bâtard ! Comprends-tu ? comprends-tu ? mais dis-moi donc au moins que tu comprends ?

— Oui, dit Amaury.

— Ah ! murmura Madeleine avec une joie contenue.

— Dieu lui commandait de se résigner, poursuivit Morin, elle n'entendit que l'impitoyable voix des hommes. Partout elle ne vit pour elle et pour son enfant que la honte là où elle devait espérer l'oubli et la compassion. En consentant à se marier en Angleterre, elle n'avait été qu'ignorante ; son ignorance prit à ses yeux les proportions d'un crime, et afin de se soustraire à l'expiation, elle osa concevoir la pensée d'un suicide et d'un infanticide ! Mais dis-moi donc au moins que c'est affreux ? dit André en prenant le bras d'Amaury.

— Ensuite....

— Ah! fit encore Madeleine, dont le visage semblait refléter une consolation intérieure.

— Le lendemain de son abandon, elle s'enferma dans sa chambre, plaça son fils dans son berceau, le baisa au front, détourna la tête, lui présenta ce qui restait du breuvage de mort qu'elle venait de boire, puis elle attendit.

— Après, après, dit Amaury avec une violente agitation.

— J'avais tout vu de ma fenêtre, j'accourus, j'enfonçai la porte, et le ciel permit que je sauvasse la mère et l'enfant.

— Brave père! dit le jeune avocat en pressant la main de Morin.

— Si j'étais arrivé quelques minutes plus tard, reprit André, son enfant n'était plus, et, traduite devant un tribunal, elle eût été condamnée! Eh bien! si tu eusses vécu alors, et que cette femme t'eût choisi pour défenseur, qu'aurais-tu fait?

— Assez, assez, interrompit sa femme.

— Qu'aurais-tu fait? répéta Morin.

— Qu'avez-vous donc tous deux? dit Amaury en regardant tour à tour André et Madeleine avec étonnement.

— Qu'aurais-tu fait? dit pour la troisième fois Morin d'un accent impérieux.

En ce moment la domestique accourut et annonça qu'une dame demandait à parler à Amaury.

— Une dame! dit-il.

— Oui, monsieur.

— Savez-vous ce qu'elle me veut?

— Non, monsieur.

— Faites-la entrer, dit André après avoir consulté du regard sa femme.

Une jeune fille vêtue de noir et dont les

traits semblaient empreints d'une profonde douleur, entra bientôt.

A la vue de M. Morin et de sa femme, elle parut embarrassée, troublée. Amaury se leva pour la recevoir et lui demanda le motif de sa visite.

— Je désirerais vous parler à vous seul, monsieur, répondit-elle craintivement.

— Nous te laissons, dirent au jeune avocat M. et madame Morin qui se retirèrent.

Demeuré seul avec la jeune fille, Amaury lui offrit un siége; mais elle resta debout.

— Monsieur, dit-elle en tenant ses yeux baissés, une triste circonstance me conduit chez vous. Etrangère dans Marseille où je suis arrivée seulement hier, j'ai entendu par hasard prononcer votre nom et appris votre profession; ils ont éveillé dans mon âme une espérance à laquelle j'avais renoncé, je l'ai accueillie comme si elle me fût venue du ciel, et me voici :

— De quoi s'agit-il? mademoiselle.

— C'est pour ma sœur que je viens vous supplier, répondit-elle.

— Pour votre sœur?

— Oui, monsieur, pour une pauvre enfant que le désespoir, l'abandon et la crainte de la honte ont rendue criminelle.

Un vague soupçon fit tressaillir Amaury.

— Qu'a-t-elle fait? dit-il vivement.

Les regards de la jeune fille tombèrent par hasard sur le *Sémaphore* de Marseille qui était demeuré sur la table.

— Tenez, lisez, dit-elle en mettant le doigt sur le milieu de la première page.

Puis elle fondit en larmes.

Amaury jeta un rapide coup d'œil sur l'endroit désigné, et sa physionomie aussitôt devint sombre, glacée, sévère.

— Eh bien ! monsieur ?

— Je ne puis me charger de cette cause....

— Dieu est compatissant, monsieur, ne le serez-vous pas aussi ?

— Le tribunal nommera d'office un avocat pour défendre votre sœur, mademoiselle.

— Oui, le premier venu, au dernier moment ! un avocat qui ne s'informera seulement pas des fatales circonstances qui ont poussé ma malheureuse sœur à tuer son enfant, et elle sera condamnée ! Ah ! monsieur, vous êtes jeune, votre âme ne peut demeurer fermée à la pitié, les larmes d'une femme ne vous trouveront pas inflexible ; je vous le demande à mains jointes, rendez-moi ma sœur, rendez-la-moi, monsieur, rendez-la-moi !

— N'insistez pas, ce serait inutile, mademoiselle, répondit Amaury après un violent effort.

La jeune fille détourna la tête pour cacher

ses pleurs, et se retira sans prononcer une seule parole.

Amaury, après son départ, alla s'asseoir tout ému auprès de la cheminée.

Madeleine entra bientôt suivie d'André.

Elle marcha droit à son fils.

— Cette pauvre enfant est là qui pleure, lui dit-elle, veux-tu que je l'appelle?

— Non, ma mère, répondit Amaury.

— Je t'en conjure, reprit Morin.

Amaury garda le silence.

— Mon fils, mon enfant bien-aimé, continua madame Morin en passant les bras autour du cou du jeune avocat, c'est la première prière que t'adresse ta mère, ne la repousse pas!

Il garda de nouveau le silence.

— Elle nous a tout expliqué, poursuivit André; sa sœur est bien coupable, mais son excuse est dans le désespoir qui l'a entraînée à ce crime.

— Son salut est dans tes mains, reprit Madeleine, ne voudras-tu pas la sauver?

— Non, ma mère.

— Et si je te l'ordonnais?

— Je te désobéirais, répondit Amaury.

Et il se leva pour sortir.

Madeleine, tout éperdue, courut à lui.

— Demeure, lui dit-elle.

Il s'arrêta surpris et effrayé de l'agitation de sa mère.

Madeleine tomba à ses genoux.

— Ne sois pas sourd à ma voix, murmura-t-elle, sauve cette jeune fille, mon Amaury, sauve-la! je veux que tu la sauves, il le faut, car il y va, mon enfant, du repos, du bonheur et de la vie de ta mère!

— Que dis-tu? s'écria Amaury.

— Pas un mot de plus, Madeleine, pas un mot de plus! dit André dont l'émotion semblait s'augmenter à mesure que grandissait l'exalta-de sa femme.

— Vois mes larmes, continua Madeleine, un mot de ta bouche peut les sécher.

— Mais d'où vient donc l'intérêt étrange que vous portez à cette jeune fille? dit Amaury en promenant ses regards de Madeleine sur André et d'André sur Madeleine.

— Oh! dis-moi que tu la sauveras? répondit sa mère suppliante.

— Comme tu aurais sauvé celle dont il y a une heure je t'ai raconté l'histoire, ajouta Morin.

— Demande-moi tout ce que tu voudras, ma mère, dit Amaury à Madeleine, mais n'exige pas que je me fasse le défenseur d'un crime que je maudis.

La pauvre femme, à cette déclaration terrible, poussa un cri déchirant, et tombant dans les bras de son mari, elle murmura d'une voix étouffée :

— Malheureuse que je suis, mon enfant m'a maudite !

— Va-t-en ! cria impérieusement André à Amaury, va-t-en !

— Que dis-tu, ma mère ? s'écria le jeune avocat en s'élançant vers madame Morin qui sanglotait.

— Oui, répondit-elle, car cette jeune fille mariée à Londres il y a vingt-trois ans et abandonnée par son mari, c'était moi !

— Toi ! interrompit en reculant Amaury.

— Oui, car cet enfant arraché à la mort par André, c'était...

— Tais-toi ! tais-toi ! dit Morin d'une voix tonnante en plaçant sa main sur la bouche de sa femme.

— C'était toi ! poursuivit Madeleine en écartant avec force la main d'André.

— Moi ! dit le jeune homme ; mais alors, reprit-il bientôt, frappé d'une idée subite et en s'adressant à André, tu n'es donc pas mon père ?

André poussa un cri de douleur. Madeleine se couvrit le visage de ses mains.

— Tu n'es donc pas mon père ? reprit bientôt Amaury en saisissant le bras d'André.

— Non, répondit-il.

— Et de qui donc suis-je le fils ?

En ce moment on ouvrit de nouveau la porte.

Madeleine, André et Amaury se retournèrent brusquement.

XVIII.

La jeune fille que Madeleine avait laissée dans sa chambre entra, et s'approchant d'Amaury :

— Eh bien ! monsieur ? lui dit-elle.

— Je sauverai votre sœur, répondit-il.

— Merci, merci, madame, dit la pauvre enfant en baisant les mains de madame Morin.

Puis elle s'éloigna.

— Oh! sois béni, dit Madeleine en se jetant au cou de son fils; sois béni!

André debout et immobile n'entendait rien, ne voyait rien. Absorbé dans son immense désespoir, il semblait étranger à tout ce qui se faisait autour de lui.

Madeleine alors raconta à son fils l'histoire des premières années de sa vie, la sainte amitié qui l'avait unie à André après la mort de sa grand'mère Marceline, l'amour silencieux du pauvre artisan, l'aveu de cet amour, leurs projets de mariage, le départ de Morin, la rencontre de Maxime de Brémont, la tendresse qu'elle lui avait inspirée, leur fuite et leur union en Angleterre. Elle apprit à Amaury qu'il était l'enfant de cet amour, elle lui peignit ensuite en termes éloquents l'abandon de son mari, le désespoir qu'elle en avait ressenti, le double crime qu'elle avait conçu, la présence inattendue de Morin au moment où elle venait de le mettre à exécution, ses généreuses consolations et le dévouement sans borne qu'il lui avait voué. Elle poursuivit en retraçant tout ce qu'André avait fait pour elle, la touchante affection dont il les avait entourés tous deux, sa douleur le jour où ils faillirent se séparer, puis enfin leur mariage, leur bonheur que nul souvenir du passé n'était venu troubler, et elle ajouta :

— Tu sais le reste, mon enfant; adopté publiquement par André, il n'a pas cessé un moment d'être ton père; il a travaillé pour toi pendant vingt ans de sa vie, il a voulu devenir riche pour que tu le fusses un jour, il t'a fait élever comme le fils d'un grand seigneur afin que plus tard tu pusses conquérir dans le monde par ton mérite le rang dont t'avait dépossédé M. de Brémont ; il t'a donné un nom parce que tu n'en avais plus ; il n'était point ton père par le sang, il l'a été par son amour ; oh ! n'est-ce pas qu'il le sera toujours dans ton cœur par le respect et la reconnaissance, oh ! n'est-ce pas, mon fils ?

Amaury se tourna vers André qui, la tête courbée, semblait un coupable attendant sa condamnation ; il lui tendit les bras, et se mettant à genoux devant lui :

— O mon père ! mon père ! murmura-t-il en lui couvrant les mains de baisers.

— Mon enfant ! mon enfant ! dit André suffoqué par les sanglots.

— Tu as fait tout cela, reprit Amaury en regardant Morin avec admiration, et tu me l'avais caché ?

— Il avait peur que cette révélation n'affaiblît ta tendresse pour lui.

— Mais je t'en aurais aimé davantage s'il

eût été possible de te pouvoir aimer plus, dit à André le jeune avocat.

— Et puis je tremblais que ne me quittasses un jour pour aller retrouver ton véritable père, répondit Morin.

— Mon véritable père ! Et quel est-il donc si ce n'est toi ? l'est-il, lui, qui ne m'a donné la vie que pour m'abandonner ?

— Mon fils !... interrompit Madeleine dont la voix avait l'expression d'un tendre reproche.

— Ma mère, dit solennellement Amaury, mes paroles sont parties du fond de mon cœur, monsieur de Brémont n'est point mon père, ou plutôt il a cessé de l'être ; il a renié son fils, et son fils à son tour le renie : voilà celui qui est mon père !

Et il ouvrit ses bras à André Morin.

XIX.

Le jour approchait où Amaury devait prendre la parole pour défendre la malheureuse jeune fille accusée d'infanticide, et il travaillait sans relâche, car il voulait que son premier plaidoyer fût un triomphe. Ce n'était plus l'ambition de se faire un nom qui le poursuivait en ce moment, il lui fallait sortir victorieux du combat judiciaire qu'il allait livrer afin de forcer sa mère à se réhabiliter devant elle-même.

— C'est demain, lui dit un soir Madeleine.

— Oui, ma mère.

— Et tu n'as pas peur?

— Je la sauverai.

— Dieu t'entende! répondit-elle.

Cependant la cause qui allait se juger avait eu du retentissement. L'intérêt qu'inspirait l'accusée, le bruit qui s'était répandu qu'un jeune avocat qui n'avait point plaidé encore devait se faire entendre dans ce procès, avaient éveillé la curiosité publique. Le lendemain, la salle du tribunal était comble. Tout le barreau marseillais, toute la ville s'y était donné rendez-vous. Des étrangers de haute distinction avaient voulu assister à ces solennels débats.

Le tribunal, ce jour-là, semblait transformé en une salle de théâtre. Le drame qu'on devait y représenter tenait tous les cœurs en suspens, car derrière le jury on pouvait entrevoir le bourreau.

L'accusée fut introduite.

Elle avoua tout.

Lorsque les formalités qui précèdent la défense furent remplies, Amaury se leva.

Un grand silence se fit par toute l'assemblée.

André sentit une sueur froide l'inonder.

Madeleine, les yeux fixés sur son fils, attendait.

Face à face avec cette assemblée nombreuse, le jeune avocat éprouva un involontaire mouvement d'hésitation, de terreur. Il se tourna aussitôt vers sa mère, et électrisé par ses regards, il sentit renaître toute sa fermeté, toute sa confiance, toute sa puissance.

Son plaidoyer passionné, énergique, entraînant, fut écouté avec une religieuse émotion. Quand il eut cessé de parler, d'unanimes acclamations partirent de toute la salle.

Amaury avait dit à sa mère qu'il triompherait, il triompha.

La jeune fille fut acquittée.

André pleurait de joie.

Plus contenue, l'ivresse de Madeleine ne se révéla que par ces mots d'une touchante simplicité :

— Merci, mon enfant, dit-elle à Amaury en lui serrant la main.

Au moment où le jeune avocat entouré de l'élite du barreau marseillais essayait de se dérober aux éloges qu'on lui adressait, un homme d'environ cinquante ans et dont la physionomie portait l'empreinte d'un amer chagrin s'approcha de lui.

— Monsieur, lui dit-il, j'ai assisté à votre début, à votre victoire, vous n'en demeurerez pas là ! Si plus tard vous venez à Paris, j'ai l'espoir que nous nous y rencontrerons.

Il mit en achevant ces mots une carte dans la main d'Amaury, et se perdit dans la foule.

Amaury regarda le nom écrit sur cette carte, et il lut :

Le duc de Rieux.

Puis il rejoignit André et Madeleine qui l'attendaient dans la cour du Palais de Justice.

XX.

Doué de cette volonté énergique qui est l'auxiliaire accoutumé du talent, Amaury ne se laissa point éblouir par une première victoire, et il redoubla d'efforts pour atteindre le but qu'il s'était proposé. Plusieurs grands procès lui fournirent bientôt l'occasion de nouveaux triomphes; enfin une cause politique dans laquelle il s'éleva par les mâles accents de son éloquence à la hauteur des Teste, des Marie et des Berryer, lui marqua sa place parmi les illustrations du barreau moderne.

Toute célébrité est un aimant pour les hommes, elle les attire à soi là où elle se révèle. Le jeune avocat, le lendemain du jour où la renommée s'attacha à son nom, se vit recherché de toutes parts. L'élite de la société marseillaise lui ouvrit ses salons à deux battants. On aurait dit un complot organisé contre ses graves occupations et ses studieux loisirs. Jeune, riche, justement célèbre, il avait, en dehors de la curiosité ou de l'envie qu'il excitait, éveillé autour de lui, à son insu, bien des ambitions maternelles, et il allait expier par les obsessions incessantes dont il était l'objet sa gloire précoce, le brillant avenir qui l'attendait et le riche héritage que lui léguerait un jour M. Morin.

Ce changement subit de position eût donné des vertiges à tout autre. Lui, la tête ne lui tourna point. Prémuni de bonne heure par les sages conseils d'André contre tout enthousiasme et tout entraînement, il envisagea froidement les choses, et se traça une ligne de conduite, bien résolu de ne jamais s'en écarter.

Madeleine dans l'enivrement de son orgueil de mère révélait son bonheur par de douces larmes.

André Morin se montrait presque indifférent aux succès de son fils ; mais cette indifférence était simulée. Refoulant dans son cœur ce qu'il éprouvait, jamais il n'avait par un regard ou par une parole trahi son secret. Ce n'était que pendant ses promenades solitaires, ou durant l'insomnie de ses nuits, qu'il s'échappait de ses lèvres comme le sang s'échappe d'une blessure lorsqu'on retire les ligaments qui la dérobaient à la vue. Les triomphes d'Amaury, source d'ineffables joies pour tous les pères, remplissaient d'épouvante et d'affliction l'âme d'André.

Les passions complètement désintéressées sont des abstractions. Tout amour renferme en soi un principe d'égoïsme sans lequel il ne s'élèverait jamais aux sublimités du dévouement. L'homme est ainsi fait. André Morin dont la tendresse pour son fils d'adoption était devenue avec le temps une sorte de fanatisme, s'alarmait des ovations rendues à son enfant; il craignait qu'ébloui par les splendeurs du grand monde, il ne rougît du pauvre ouvrier qui se disait son père. Cette crainte que rien ne justifiait le torturait sans relâche. Par moment il se surprenait à regretter de n'avoir pas fait de l'enfant de Madeleine un artisan comme lui, puis, et par une brusque réaction, s'accusant bientôt d'injustice et d'ingratitude, il demandait de cœur à cœur pardon à Amaury de douter de son amour, et des larmes de repentir venaient mouiller ses yeux.

La crainte de voir l'affection de son fils s'affaiblir n'était pas la seule qui le poursuivit. M. de Brémont dont jamais depuis vingt-cinq ans il n'avait murmuré ni entendu prononcer le nom, se dressait maintenant devant lui comme un fantôme, comme un souvenir terrible qu'il s'efforçait vainement d'éloigner de sa pensée. Maxime pouvait vivre encore, le hasard pouvait le conduire à Marseille, le jeter en présence d'Amaury. Tout son sang à cette supposition se glaçait dans ses veines. Il maudissait son retour en France, il aurait voulu que son fils fût encore enfant afin de le prendre dans ses bras, afin de l'emporter aux îles et le cacher au fond d'une retraite si écartée, si perdue, qu'aucun regard ne pût arriver jusqu'à lui.

Bientôt il sortait de sa chambre, accourait tout haletant auprès d'Amaury, s'élançait à son cou, et pendant quelques minutes le tenait pressé sur son cœur sans pouvoir prononcer une parole.

Deux routes cependant s'ouvraient devant le fils de Madeleine; l'une riante, facile, dissimulant les mille circuits qu'elle décrit sous des fleurs, — et promettant au terme du voyage la puissance; l'autre sombre, rude, mais droite et qui conduit à la considération.

Marseille, comme toutes les grandes villes, était partagée en deux factions; l'une progressive et voulant l'égalité pour tous; l'autre rêvant le rétablissement de l'absolutisme. Celle-ci pressentit dans le jeune homme à peine échappé des bancs de l'école de droit ce que l'homme mûr serait un jour, et elle mit tout en œuvre pour le circonvenir et l'attirer dans son parti. Lui, il n'hésita point. Imbu dès le berceau d'idées libérales, il aurait cru, en les reniant, manquer au respect qu'il devait à son père, à celui qu'il se devait à lui-même. Ces idées d'ailleurs qui plus tard étaient devenues des convictions, jetées dans son esprit comme dans une terre généreuse, y avaient germé, puis elles y avaient pris racine.

La puissance venait au-devant d'Amaury, il lui préféra la considération. Se renfermant dans un cercle étroit d'amitiés choisies, il demeura sourd à toutes les voies tentatrices qui se glissaient à son foyer, et toujours sur la brèche, avec armes et bagages, lorsqu'il s'agissait des droits et de la dignité du peuple, il devint en peu de temps le représentant et le drapeau du parti égalitaire de Marseille.

La persécution manquait à sa gloire; sa gloire se compléta par la persécution. Signalé comme dangereux au pouvoir, Amaury se vit jeté en pâture au parti qui ne l'ayant point trouvé à vendre, médita de l'anéantir. Insulté, provoqué; Amaury secoua comme un lion sa crinière, et s'élança dans l'arène. Sous ses rudes coups, le sang ruissela. Le ressentiment de ses ennemis s'en accrut, et Amaury accusé de pousser le peuple au mépris du gouvernement de Charles X fut menacé dans sa liberté.

La révolution de juillet arriva.

Les vaincus de la veille furent les héros du lendemain.

Amaury, comme tant d'autres, aurait pu prendre sa part de la curée. Il la dédaigna. Content d'avoir fourni sa pierre pour la réédification de l'édifice social, il se mit discrètement à l'ombre, et resta avocat.

Trois années s'écoulèrent. Amaury avait trente et un ans.

Au bout de ce temps, Marseille, veuve d'un

de ses députés, s'occupa de le remplacer. Les chefs du parti libéral qui n'avaient point oublié les services du jeune avocat vinrent proposer secrètement à Morin la députation pour son fils s'il voulait remplir en son nom les conditions du cens et le rendre éligible. Morin, à cette proposition, faillit mourir de joie, puis bientôt ses anciennes craintes l'assaillirent de nouveau. Sommé par Madeleine de s'expliquer, il lui avoua au milieu de ses larmes tout ce qu'il avait souffert à mesure qu'Amaury s'élevait par son talent au-dessus de sa condition. Madame Morin prit énergiquement la défense de son fils, et son mari vaincu dans cette lutte où l'amour maternel atteignit aux plus hautes sublimités de l'éloquence, imposa silence à ses vaines terreurs pour ne plus songer qu'à la grandeur future de son enfant d'adoption.

Peu de temps après, une excursion dans les environs était projetée, et Madeleine,

Amaury et André quittaient Marseille par une belle matinée. Quatre heures de marche et d'explorations appelaient le repos, et les voyageurs firent halte dans un petit hameau charmant qui se mirait dans les eaux limpides du Rhône.

— Si nous déjeûnions? dit Amaury.

— Déjeûnons, répondirent André et Madeleine.

Une guinguette étala bientôt à leurs regards sa fastueuse enseigne.

— Entrons là, reprit Amaury.

— Dans ce cabaret? répliqua Morin. Poussons plus loin, nous découvrirons sans doute une auberge.

Ils poursuivirent leur chemin.

Et pas la moindre auberge.

Amaury voulut revenir sur ses pas.

Madeleine et André furent d'avis d'aller en avant, et tous trois s'engagèrent bientôt dans un sentier vert, bordé à droite et à gauche d'aubépines et d'églantiers. Ils débouchèrent de ce sentier sur une vaste pelouse près de laquelle s'encadrait dans le site le plus délicieux, une propriété immense.

— Allons, dit gaiement Amaury, il était écrit que nous déjeûnerions aujourd'hui..... d'admiration.

— Pourquoi cela? répondit André.

— Mais, reprit son fils, je n'aperçois ici aucun vestige d'auberge, et pas d'auberge pas de déjeûner, à moins, ajouta-t-il, que les maîtres de ce magnifique domaine ne nous fassent les honneurs de leur table.

— C'est une idée, dit Madeleine en riant.

— Ma femme a raison, répliqua André en sonnant à la grille de la villa.

— Que fais-tu? s'écria Amaury tout stupéfait.

Un jeune paysan parut.

— Mon garçon, lui dit rondement André, nous venons de la ville, nous sommes fatigués et nous avons faim; serait-il possible...

— Soyez les bienvenus ici, interrompit le paysan en ouvrant la grille.

— Eh bien! viens donc, dit André en entraînant son fils qui croyait rêver.

Le visage de Madeleine exprimait une joie contenue.

Le paysan les conduisit, à travers un labyrinthe d'allées et de bosquets, au corps principal des bâtiments, puis les faisant entrer dans une salle spacieuse :

— Reposez-vous, leur dit-il, avant cinq minutes vous serez servis.

Une table fut bientôt dressée au milieu de cette pièce.

André fut tout le temps du déjeûner d'une gaieté charmante.

Amaury dévora.

Madeleine parla peu et mangea moins encore ; le bonheur lui avait coupé la parole et l'appétit.

On se leva de table et l'on visita le parc.

Après s'être égarés vingt fois dans les détours de mille allées, André, sa femme et Amaury arrivèrent à un belvéder d'où l'œil embrassait des prés, des plaines, des bois attenant à la propriété. Amaury extasié regardait sans proférer un mot.

— Comment trouves-tu cela ? lui demanda André.

— Admirable, mon père.

— Eh bien ! tout cela est à toi, mon fils.

— A moi ? s'écria-t-il.

— Voici tes titres de propriété, ajouta Morin en tirant de son portefeuille une liasse de papiers.

Madeleine pendant ce temps essuyait à la dérobée une larme.

— A moi? reprit Amaury, et que veux-tu que j'en fasse?

— Il faut à tes talents un plus vaste théâtre que celui où ils s'exercent, mon fils, et ce théâtre, je te le donne; je fais de toi un député.

— Que dis-tu? interrompit le jeune avocat.

Puis bientôt :

— O mon père, murmura-t-il en se jetant à son cou, je devrais baiser le pavé des chemins où tu marches.

— Ainsi, tu acceptes? poursuivit André.

— Je refuse; ne suis-je pas heureux auprès de toi, auprès de ma bonne mère? Quel bonheur vaudrait celui que je trouve entre vous deux? qu'ai-je besoin d'honneurs? ne me faudrait-il pas d'ailleurs les acheter en me séparant de vous? Non, mon père, je ne veux pas devenir député, je veux rester toujours ton fils.

— Tu l'entends, tu l'entends, Madeleine, dit Morin que la joie étouffait.

En cet instant des pas approchèrent. Trois hommes bientôt entrèrent dans le belvéder.

Un mois plus tard Amaury Morin cédant aux prières d'André et de Madeleine, était nommé député.

— On croirait, dit-il à André en sortant de la salle des élections, que tu as peur qu'un jour je ne devienne ingrat, et tu m'accables de bienfaits afin que je ne puisse pas le devenir sans crime.

Le jeune député, quelques jours après sa nomination, se disposa à quitter Marseille pour se rendre à Paris. Il voulut emmener avec lui André et Madeleine. André refusa en lui disant qu'il devait s'accoutumer peu à peu à vivre loin de son enfant.

— Et qui t'y oblige? reprit Amaury.

— Qu'irais-je faire à Paris? répondit Morin;

je t'y verrais à peine ; tu ne t'appartiens plus maintenant, et les instants que te prendrait mon affection égoïste seraient un vol fait au pays. Pars, mon fils, ajouta-t-il avec un soupir, si ton absence pèse trop à mon cœur, j'irai te retrouver à Paris, je t'y serrerai la main, puis je retournerai auprès de ta mère, et nous nous entretiendrons de toi jusqu'à ce que tu nous reviennes.

Le lendemain, André et Madeleine de retour dans leur maison après avoir dit adieu à Amaury, se regardèrent en silence et tombèrent dans les bras l'un de l'autre.

XXI.

Les vieux Péchés.

Le duc de Rieux avait parcouru toute l'Angleterre, et ses démarches pour retrouver Madeleine et son fils avaient été vaines. D'Angleterre il était passé en Irlande, puis changeant de direction, il avait visité l'Italie, la Suisse, et il était arrivé à Marseille la veille du jour où Amaury devait se faire entendre pour la première fois. Le retentissement de la cause que le jeune avocat avait choisie pour son début au barreau, avait excité sa curiosité, et sans le savoir, il avait assisté et applaudi au triomphe de ce fils qu'il cherchait depuis deux ans; sans le savoir, il lui avait parlé; sans le savoir, il lui avait serré la main, puis il était reparti pour son château de Rieux convaincu que le fils de Madeleine, objet de ses regrets tardifs, était mort depuis long-temps, ou perdu désormais pour lui.

A son retour au château de ses pères, le duc trouva auprès de sa femme une jeune et charmante fille dont il avait entendu prononcer souvent le nom autrefois, mais qu'il ne connaissait point. La duchesse lui apprit qu'une de ses cousines germaines, la marquise d'Hauterive, était morte en laissant une fille, et que touchée de compassion pour la pauvre orpheline, elle l'avait recueillie, et depuis un an lui tenait lieu de mère. M. de Rieux approuva la conduite de Fernande, et n'ayant plus d'enfant sur qui reporter sa tendresse, il se prit peu à peu à aimer sa jeune parente comme si elle eût été sa fille.

Mademoiselle Marie d'Hautérive était arrivée à cet âge charmant qui, chez les femmes, est le dernier terme de l'adolescence. Sa jeunesse venait d'éclore, le bouton s'épanouissait fleur; elle avait seize ans. Son frais visage réfléchissait la pureté de son âme. C'était la Marguerite de Faust, s'ignorant encore. Lissés en bandeaux sur le lumineux albâtre de son front, ses cheveux d'un blond doré, soyeux et fins, donnaient à sa gracieuse physionomie un caractère de douceur séraphique. Ses joues avaient l'incarnat velouté et tendre de la pêche. Le clair azur de ses yeux rappelait un beau ciel de mai. Ses dents étaient des perles, ses lèvres deux feuilles de rose. Élégante, mais frêle, sa taille avait la flexibilité du roseau, comme elle en avait la faiblesse. Étrangère à toute coquetterie, elle plaisait par sa simplicité. Sa parure était dans sa candeur. Sa beauté était de celles qui ne s'analysent pas. Vous ne vous arrêtiez point pour la regarder, mais le cœur vous battait lorsque vous l'aviez regardée. Avant de l'avoir trouvée belle, vous l'aimiez, et combien elle vous paraissait belle alors! Aucune passion n'avait encore terni de son souffle le pur cristal de son âme; si parfois sa jolie tête se penchait toute rêveuse; si parfois une larme glissait au bord de sa paupière, c'est qu'elle avait vu souffrir auprès d'elle, c'est qu'elle avait souffert.

Elle inspira bientôt au duc de Rieux une tendresse égale à celle que lui portait la duchesse, et les confondant tous deux dans sa reconnaissance et dans son affection, elle s'habitua à voir en eux son père et sa mère tant pleurés, et que Dieu lui rendait miraculeusement sous une autre forme.

La présence de Marie dans le château du duc avait assoupi son désespoir, sans toutefois l'arracher de son cœur. Par moment encore, on le surprenait triste et silencieux; quelquefois encore il allait s'agenouiller sur le tombeau de ses fils, ou bien se reportant aux premières années de sa jeunesse, il murmurait d'une voix étouffée le nom inoublié d'Amaury.

Tout à coup il abandonna son château pour n'y plus reparaître qu'à de rares intervalles, et il vint habiter son hôtel de la rue de Grenelle-St-Germain. Là, on le vit bientôt étaler un luxe effréné. On aurait dit qu'il cherchait à s'étourdir le cœur par les plaisirs.

Effrayée de ses prodigalités, la duchesse crut devoir un jour lui adresser de sages observations à ce sujet.

J'ai cinq cent mille francs de rente, madame, lui répondit-il.

— Et Marie?... reprit timidement Fernande.

— Marie !... dit le duc avec suprise.

— N'est-elle pas notre enfant? poursuivit madame de Rieux : Dieu qui a rappelé à lui nos fils ne nous l'a-t-il pas envoyée comme une consolation vivante à nos douleurs, et dans la pauvre orpheline qui vous tendait les bras n'avez-vous jamais entrevu une fille?

Une expression étrange se peignit sur le visage du duc. Ses sourcils, par un mouvement nerveux, se touchèrent presque, son attitude devint méditative. Il croisa les bras, inclina le front, et après un court silence, il répondit à la duchesse :

— Je vous comprends, madame, et je réfléchirai à ce que vous venez de me dire.

Puis, l'ayant saluée, il fit un pas vers la porte.

— Si vous l'aimez, reprit Fernande en courant au duc, qu'est-il besoin de réfléchir, votre cœur ne vous a-t-il pas déjà dicté la réponse que j'attends de vous?

— Madame, dit M. de Rieux avec embarras, savez-vous si l'espoir que vous avez conçu ne rencontrera point d'insurmontables obstacles...

— De votre part, oh! non, monsieur, car votre tendresse pour Marie m'est connue.

— Asseyez-vous, Fernande, dit le duc en présentant un siége à sa femme, et veuillez m'écouter attentivement car ce que je vais vous dire est grave.

XXII.

Une Mère.

La duchesse s'assit. Son mari se plaçâ en face d'elle, parut se recueillir un moment, puis d'une voix ferme, il lui dit :

— Je vous ai caché un secret en vous épousant, madame, et le temps est venu de vous l'apprendre. Sans la mort des deux fils que j'idolâtrais, cette confession que je vais vous faire ne serait jamais sortie de ma bouche.

Il s'arrêta et regarda fixement Fernande.

— Poursuivez, lui dit-elle.

— Avant de vous connaître, madame, j'ai eu...

La voix expira sur ses lèvres.

— Achevez, dit la duchesse involontairement émue.

— J'ai eu un fils.

Le visage de madame de Rieux se couvrit d'une pâleur soudaine.

— Que m'apprenez-vous, monsieur? lui dit-elle.

— J'ai abandonné cet enfant; madame, l'année même où je devins votre époux, et jamais depuis lors je n'en ai entendu parler. Est-il mort? vit-il? Je l'ignore. J'ai passé les deux années de mon dernier voyage à le chercher, et mes recherches ont été vaines. Mais il peut exister, madame, un jour je puis le retrouver, et vous devez comprendre pourquoi, malgré toute mon affection pour Marie, je ne dois pas la nommer mon héritière.

— Mais savez-vous bien que ce que vous venez de me dire est affreux, monsieur le duc?

— Mon père, madame, n'avait pas cru devoir révéler au vôtre cette faute de ma jeunesse; dans l'intérêt de votre repos, de votre bonheur, j'ai imité son silence, et ce pénible secret, si vous ne m'aviez point parlé de vos projets à l'égard de votre jeune cousine, serait mort avec moi. Maintenant, madame la duchesse, ajouta M. de Rieux, disposez de tout ce qui vous appartient en faveur de Marie, vous êtes libre de le faire; réformez le luxe de notre maison, si vous le jugez convenable; mais pour ce qui regarde ma fortune personnelle, je vous déclare ici, à mon grand regret, qu'à moins d'avoir la preuve de la mort du fils dont je vous parle, jamais je ne consentirai à la léguer à mademoiselle d'Hauterive.

La duchesse, à ces mots, sembla se transfigurer. Ses regards perdant l'expression de douceur résignée qui leur était habituelle, s'animèrent d'un éclat subit, ses lèvres frissonnèrent et pâlirent; elle redressa fièrement la tête, et répondit au duc d'une voix où la dignité de l'épouse offensée luttait avec le dédain :

— Vous êtes le maître, monsieur, de dépouiller au profit d'un enfant sans nom mademoiselle d'Hauterive d'une fortune à laquelle elle a droit en qualité de parente, je ne m'y opposerai pas.

— Au profit d'un enfant sans nom! s'écria M. de Rieux dont les yeux s'allumèrent, et qui vous dit, madame, que cet enfant n'ait point de nom?

— Et lequel donc, monsieur?

— Le mien, madame.

— Le vôtre! interrompit Fernande.

— Oui, madame.

— Oh! cela n'est pas, cela ne peut pas être, reprit vivement la duchesse.

— Et pourquoi, madame?

— Parce que vous n'auriez pas osé m'épouser, monsieur, chargé d'un passé aussi coupable! parce que votre silence eût été de la déloyauté! parce qu'enfin vous n'auriez pas voulu léguer à mes enfants un nom qu'un étranger aurait pu partager avec eux!

Ce double appel fait à l'honneur du duc et au souvenir de ses fils remplacèrent soudainement sa colère par l'attendrissement.

— Mes pauvres enfants! murmura-t-il entre deux sanglots.

— N'est-ce pas, monsieur, continua la duchesse, que ce fils dont vous parlez, s'il existe encore, n'a pas le droit de porter votre nom? Mais répondez-moi donc! Ce n'est plus votre femme qui vous interroge, c'est la mère de vos enfants qui vous supplie, qui vous ordonne de répondre, monsieur le duc.

Jamais la tendresse maternelle de madame de Rieux ne s'était montrée aussi grande qu'en cet instant solennel; jamais sa douleur, même au lit de mort de ses fils, n'avait eu de pareils accents; ce n'était plus la mère qui pleurait ses enfants, c'était la mère qui voulait pour ses enfants l'honneur jusque dans le tombeau.

Le duc, à cette évocation nouvelle et terrible, ferma les yeux comme si devant lui venaient de se dresser les pâles visages de ses enfants morts.

— Cela est donc vrai? dit Fernande; ce

fils dont j'ignorais la naissance porte votre nom! O mes pauvres fils, poursuivit-elle bientôt, vous avez bien fait de mourir jeunes, vous avez échappé du moins à la douleur d'apprendre que votre père avait aimé un autre enfant avant vous, et que dans sa tendresse criminelle, il lui avait donné son nom au préjudice de votre honneur.

— Madame, répondit le duc qui recouvra tout à coup sa fermeté, si de mes trois enfants l'un pouvait m'accuser de lui avoir pris son nom pour le donner à un autre, ce serait Amaury.

— Que voulez-vous dire? répliqua la duchesse pressentant dans ces paroles un nouveau malheur.

— Oui, madame, reprit M. de Rieux, Amaury n'est point un bâtard reconnu par moi, comme vous le supposez, c'est...

— N'achevez pas! n'achevez pas! interrompit Fernande d'une voix éteinte.

— C'est l'enfant de mon premier amour et de ma première femme.

La stupeur, l'épouvante arrachèrent un cri à la duchesse.

— Votre femme! dit-elle.

— Oui, madame, une pauvre jeune fille que j'avais épousée en Angleterre, que j'ai lâchement abandonnée, et que le désespoir a tuée peut-être...

— Peut-être! dit Fernande dont l'anxiété redoublait, mais cette femme existait donc encore lorsque vous êtes devenu mon mari?

— Je l'ignore, madame.

— Oh! c'est horrible, monsieur.

— Au nom du ciel, Fernande, calmez-vous, dit le duc effrayé de l'altération des traits de la duchesse.

— Laissez-moi ; laissez-moi, répondit-elle en le repoussant.

Puis bientôt :

— Cette femme existe peut-être encore, reprit-elle en regardant M. de Rieux avec des yeux où se peignait l'égarement. Elle existe, ajouta-t-elle ensuite, et demain, aujourd'hui, le hasard peut la jeter devant moi, et elle me disputera votre nom qui lui appartient aussi.

— Vous n'avez rien à craindre de ce côté, madame, répondit le duc.

— N'est-elle pas votre femme?

— Oui, Fernande; mais les mariages contractés en Angleterre sont nuls en France, ne le savez-vous pas?

— Oh! monsieur, votre abandon a été doublement lâche! s'écria involontairement la duchesse.

M. de Rieux courba la tête sans répondre.

Vivement touchée de cette résignation silencieuse, la duchesse reprit avec émotion :

— Pardonnez, monsieur, ce que mes paroles ont eu d'offensant, mais ce que vous venez de m'apprendre, vos projets pour l'avenir... tout cela m'a rendue folle, et emportée par la douleur, je vous ai manqué de respect ; oh ! pardonnez-moi, monsieur le duc, pardonnez-moi !

Le duc tendit la main à Fernande qui couvrit cette main de baisers.

— Vous êtes une sainte, dit-il à sa femme : j'ai fait couler vos larmes, et vous vous accusez ; j'ai torturé votre cœur, et vous me demandez pardon ; ah ! Fernande, c'est moi qui devrais vous implorer à genoux !

— Vous ne saurez jamais tout ce que j'ai souffert depuis une heure, répondit la duchesse : tenez, n'est-ce pas que j'ai du feu dans la tête, reprit-elle en appuyant sur son front brûlant la main glacée de son mari ?

— Ma pauvre Fernande ! murmura-t-il en regardant sa femme avec une douce compassion.

— Je m'efforce par moment de croire que tout ce que j'entends est un rêve, continua la duchesse ; eh bien ! ne prononcez plus jamais devant moi le nom de ce fils, et je me persuaderai que j'ai rêvé.

— Votre générosité, votre grandeur d'âme m'imposent un douloureux devoir, répondit le duc ; oui, Fernande, je rougirais de moi si j'avais pour vous une pensée cachée, et je préfère votre ressentiment à votre mépris.

— Que me réservez-vous donc encore, monsieur ?

— Je veux savoir, madame, si ce fils que j'ai vainement demandé pendant deux années à l'Angleterre, à l'Écosse, à l'Italie, existe encore ; je veux tenter de nouvelles recherches, apprendre ce qu'il est devenu, et connaître enfin si je dois le pleurer comme mes deux autres enfants, ou si je dois remercier Dieu de me l'avoir conservé !

— Et si vous le retrouvez, monsieur le duc...

— Si je le retrouve, madame, je le reconnaîtrai publiquement pour mon fils, pour l'héritier de mon nom, et je lui transmettrai mes titres et ma fortune.

La duchesse sentit son corps trembler et ses jambes fléchir.

— Mais vous ne me comptez donc pour rien, monsieur? répondit-elle en faisant violence à son épouvante ; mais vous croyez donc que je n'élèverai point la voix pour défendre mon honneur, pour défendre celui de mes enfants? Oh ! ne l'espérez pas, monsieur le duc ; tant qu'un souffle de vie animera mes lèvres, je m'opposerai à vos desseins, et si malgré mes prières, si malgré mes larmes, vous persistez, eh bien !...

— Après, madame.

— Eh bien ! je vous attaquerai devant un tribunal, et je ferai dépouiller cet enfant que je ne reconnais pas pour le vôtre, d'un nom volé à mes fils ! Oh ! mais non, reprit-elle bientôt de l'accent du repentir, non, vous m'épargnerez ce désespoir, vous réfléchirez, vous aurez pitié de ma douleur, vous vous souviendrez de vos enfants, vous respecterez leurs tombeaux, et vous ne nous sacrifierez pas à un étranger, oui à un étranger que vous n'aimez pas, que vous ne pouvez pas aimer !

Le duc se souleva sur un bras, et se penchant en avant sur son fauteuil :

— Vous ne me comprenez pas, madame, répondit-il froidement à Fernande.

— Si encore vous aviez vu cet enfant grandir

sous vos yeux, répliqua la duchesse, mais abandonné par vous lorsqu'il était au berceau...

— Vous ne me comprenez pas, Fernande, répéta du même ton glacé M. de Rieux.

— Eh bien ! justifiez donc, si vous le pouvez, monsieur, cette tendresse qui se réveille après un sommeil de trente années?

— Je ne veux pas que mon nom s'éteigne, madame, répliqua le duc, non, je ne le veux pas, et tant qu'il me restera une lueur d'espoir, je le disputerai à l'oubli.

— Ah! monsieur, s'écria la duchesse, ce n'était donc pas votre douleur, mais votre orgueil déçu qui vous a fait pleurer vos enfants?

— Madame, dit le duc avec dignité, attaquez-moi dans mon passé, vous en avez le droit, mais je vous défends de calomnier mon cœur.

— Eh bien! monsieur, prouvez-moi donc que je le calomnie en renonçant à vos coupables projets?

— Fernande, dit M. de Rieux d'une voix profondément altérée, il est de ces malheurs, hélas! trop ordinaires, qui répandent le deuil partout où ils tombent; et cependant ces malheurs ne produisent pas les mêmes désespoirs. Une mère, si élevé que soit son rang, ne verra jamais dans le fils qu'elle a perdu qu'un enfant ravi par la mort à sa tendresse. Sa douleur sera immense comme son amour, mais au fond de cette douleur il ne s'en cachera point une autre. La perte d'un fils est pour un père, Fernande, la source de regrets moins extérieurs, mais plus incisifs. Plus vous placerez haut cet homme, plus son affliction s'accroîtra de sa grandeur. Dans le tombeau sur lequel il s'agenouille, vous n'entrevoyez qu'un cadavre; lui, il en compte deux dans un seul, oui, deux, Fernande, car ce n'est pas seulement son enfant qu'il pleure, c'est encore le continuateur de son nom et le rejeton glorieux en qui il se sentait revivre!

La duchesse avait écouté ces paroles au milieu de l'émotion la plus vive.

— Savez-vous, monsieur, si je n'ai point éprouvé là, répondit-elle en mettant la main sur son cœur, ce double désespoir dont vous parlez?

— Alors, Fernande, vous devez comprendre ce que j'ai souffert lorsque j'ai vu passer de mes bras dans le linceuil les deux fils sur lesquels j'avais placé toute mon adoration et toutes mes espérances? Pour eux, j'avais voulu des honneurs, des titres, de la gloire; j'avais employé vingt années de ma vie — d'une vie qui aurait pu s'écouler si heureuse, si tranquille — à leur faire un jour avec la splendeur de mon passé un rayonnant avenir!

par amour pour eux, je me suis condamné à ne connaître aucune de ces douces joies du foyer et de la famille, aucun de ces épanchements qui font d'un père l'ami et le frère de ses enfants; tout petits dans le berceau, je les ai embrassés deux fois, Fernande, rien que deux fois! Adolescents, je les ai pressés quatre fois sur mon cœur; ils allaient devenir des hommes lorsque la mort me les a pris! Ah! songez-y, madame, d'obscur secrétaire d'ambassade, avoir tour à tour été nommé ministre plénipotentiaire, ambassadeur, baron, comte, duc, grand'croix de la Légion-d'Honneur! avoir voulu conquérir tout cela dans l'unique but de l'avenir de mes fils, et, tout cela conquis, me trouver face à face avec deux tombeaux!

La duchesse essuya à la dérobée ses tempes baignées d'une sueur froide.

— O mon ami, dit-elle en pressant la main de son mari.

— Comprenez-vous, Fernande, poursuivit le duc, si j'ai dû maudire cette immense fortune que je ne savais à qui léguer, ces titres que je ne pouvais plus transmettre, ce nom que j'avais illustré, destiné à mourir avec moi? Ce fut alors que je me souvins d'avoir autrefois, en Angleterre, abandonné un fils! A peine cette pensée, cette révélation du ciel se fut-elle fait jour en mon âme, qu'il me sembla qu'autour de moi tout se transformait; une vie nouvelle m'apparaissait dans l'avenir; Amaury existait, je le retrouvais, il était digne de moi, il était digne de vous, Fernande, et vaincue par mes prières, par les siennes, vous consentiez à l'appeler votre fils.

— Oh! jamais, monsieur, jamais, murmura la duchesse rassemblant dans un suprême effort, ses forces épuisées par une longue lutte; cherchez ce fils, retrouvez-le, redevenez son père, puisque c'est votre volonté, mais jamais je ne serai...

— N'achevez pas, Fernande, interompit le duc de Rieux avec un geste suppliant, n'achevez pas! Dieu aujourd'hui a opéré la moitié d'un miracle en vous rendant favorable à mon vœu le plus cher, qui sait s'il ne la complétera pas un jour en faisant de vous la mère de mon enfant!

Le duc, en prononçant ces mots, approcha contre ses lèvres la main de Fernande dont les regards levés vers le ciel respiraient cette résignation sublime qui éclairait, en face du bourreau, le visage des anciens martyrs.

La porte en ce moment s'ouvrit.

Un domestique parut.

— Monsieur le duc, dit-il, un jeune homme qui doit revenir demain m'a remis cette carte.

Monsieur de Rieux, tout ému encore de son entretien avec la duchesse, prit machinalement cette carte sur laquelle était écrit :

A. Morin.

XXIII.

L'Ange consolateur.

Le lendemain, le duc de Rieux envoyait un serviteur dont le dévouement lui était connu à la recherche de son fils. Au moment où il prenait congé de lui après lui avoir donné ses dernières instructions, on annonça Amaury.

L'ancien ambassadeur n'avait pas oublié le jeune avocat de Marseille ; il l'accueillit avec cette urbanité et cette politesse élégante qu'on ne rencontre plus guère aujourd'hui qu'auprès des rares représentants de la vieille noblesse. Amaury lui apprit alors le changement survenu dans sa position.

— Que vous avais-je prédit ? lui dit le duc : dès votre début au barreau, je vous avais deviné ; ma prophétie se réalisera, vous irez loin.

— Non, monsieur le duc, répondit le jeune député, car ma ligne de conduite est tracée, et je ne m'en départirai pas. Sorti du peuple, et appelé par le peuple à la députation, je resterai fidèle au mandat que j'ai accepté, et jamais de coupables préoccupations d'ambition et de grandeur ne me détourneront de mon devoir.

— La puissance a d'invincibles attraits ;

monsieur Morin, répondit le duc en souriant, et surtout à votre âge; elle modifie bien les opinions, transforme bien des convictions...

— S'il est des hommes, monsieur le duc, aux yeux desquels la députation n'est qu'un marchepied, dit Amaury avec une dignité simple, il en existe pour qui elle est un sacerdoce, et j'ai l'honneur d'être de ces hommes-là.

— Enfin j'aurais souhaité dans l'intérêt de votre avenir vous savoir engagé dans une autre voie politique, et cependant je ne puis que vous louer de la droiture de vos principes. Nous différons d'opinions, monsieur Morin, mais je suis heureux d'être l'ami d'un homme de talent et de cœur, quelque soit le terrain où je le trouve placé, et toutes les fois que vous voudrez m'honorer de votre visite, vous serez le bien reçu chez moi.

Amaury, après un assez long entretien avec le duc, se retira.

— Le fils de Madeleine aurait pourtant l'âge de ce jeune homme ! pensa en soupirant M. de Rieux lorsqu'il fut seul.

S'il avait su qu'Amaury était son fils !

Deux mois de séparation n'avaient point tari les larmes que Madeleine avait versées en secret sur l'éloignement de son enfant. Les lettres d'Amaury où respirait le sentiment filial le plus tendre, loin d'adoucir ses regrets semblaient les augmenter. Rarement son nom sortait de ses lèvres, mais on le lisait écrit dans sa tristesse et jusque dans son silence.

Ainsi que celle de Madeleine, la douleur d'André ne se trahissait par aucune plainte, par aucune larme extérieure ; mais l'altération de ses traits, mais le feu sombre de ses regards témoignaient hautement des angoisses de son cœur. Le seul allégement qu'il trouvât à son affliction, était des promenades solitaires dans les lieux qu'il avait jadis parcourus avec son fils.-Assis sous le berceau où Amaury s'était si souvent placé à ses côtés, il comptait tristement les jours écoulés depuis son départ et ceux qui s'écouleraient encore avant son retour. C'était surtout le soir que l'absence de son enfant pesait le plus à son cœur ; et que la nuit lui semblait longue ; et que le lendemain tardait à venir !

— Comme tu es changé? lui dit un jour Madeleine.

— Je l'aimais tant! répondit André.

— Et moi, je ne compte donc plus pour rien dans ta vie? continua madame Morin : je ne suis donc plus pour toi cette Madeleine, qui avec un mot, un sourire, un regard, rendait autrefois la paix à ton âme?

— Pardonne-moi, Madeleine; oui, ma douleur est plus forte que mon amour; mais j'aurai du courage, et je tâcherai d'effacer de mon souvenir le nom d'Amaury pour n'y laisser que le tien jusqu'au jour où notre enfant nous reviendra.

André tint religieusement parole à sa femme. Dès ce moment, son désespoir parut se calmer; peu à peu, il se changea en cette douce mélancolie qui révèle seulement par de longs silences ou par des soupirs courageusement comprimés que le cœur se souvient.

Amaury cependant était retourné chez M. de Rieux. Quelque chose de tendre perçait dans l'intérêt touchant que lui portait le duc, et le jeune député, à son insçu, se sentait chaque jour invinciblement attiré vers lui?

Etait-ce la voix du sang qui parlait?

Un matin qu'Amaury se disposait à se rendre auprès d'un de ses collègues, des cris douloureux montèrent tout à coup jusqu'à lui. Il ouvrit sa porte, descendit l'escalier, et un spectacle déchirant vint frapper ses regards.

Sous le vestibule gisait, étendu sur une

civière, un jeune homme, dans l'immobilité de la mort. Ses vêtements et son visage étaient couverts de sang. A genoux devant cette civière, une femme entourée de trois enfants pressait sur ses lèvres la main glacée de ce jeune homme.

Amaury Morin apprit bientôt l'événement fatal qui venait de faire du même coup une veuve et trois orphelins. Charles Debray qui occupait une petite chambre dans la maison, était un ouvrier maçon rangé et laborieux; il était parti le matin en chantant à son travail; deux heures plus tard; une planche se dérobait sous ses pieds, et, précipité d'un cinquième étage, il se tuait sur le pavé.

Amaury laissa tomber sur cette pauvre femme qui sanglotait auprès du corps brisé de son mari; un regard de compassion, détourna la tête et s'éloigna.

Le lendemain il se présentait chez elle et

la forçait d'accepter, sous la forme délicate d'un prêt, l'offrande de quelques secours. L'intérêt que lui inspirait son malheur l'avait plusieurs fois ramené dans cette humble chambre d'où la joie s'était enfuie pour toujours.

Un jour qu'il venait visiter la pauvre veuve, un gracieux tableau s'offrit à ses yeux. Assise auprès de la fenêtre, une jeune fille entourait de ses bras les trois orphelins suspendus à son cou. Derrière elle, se tenait debout et le visage souriant, leur mère. A quelques pas, une vieille domestique essuyait une larme d'attendrissement.

L'apparition inattendue d'Amaury rompit l'ensemble harmonieux de ce groupe charmant. L'inconnue se leva tout interdite. A sa vue, le jeune député demeura étonné, ébloui, fasciné. Il était si absorbé dans sa contemplation, qu'il ne songea point seulement à s'excuser de l'inopportunité de sa visite.

La jeune fille baisa au front les trois petits enfants, adressa à leur mère quelques paroles d'adieu, à Amaury un timide salut, et elle sortit suivie de la vieille domestique.

Quelle est cette jeune dame? demanda avec une indifférence simulée M. Morin à madame Debray.

— J'ignore son nom, répondit-elle, je ne l'avais jamais vue avant l'événement fatal qui m'a privée de mon pauvre mari, et nous l'appelons l'ange consolateur.

Amaury ne répliqua rien et se retira presque aussitôt.

Arrivé à trente ans, Amaury n'avait point connu ces faciles amours qui passent comme une vision poétique dans la vie des jeunes gens, dupent le cœur par l'imagination et fleurissent dans l'âme sans y jeter de racines. D'un caractère passionné, mais doué en même temps d'une énergie puisée tout entière dans un sentiment exalté de son devoir, il avait appris de bonne heure à imposer à ses passions le frein de sa volonté, et toutes ses adorations de jeune homme étaient restées à ceux qui avaient eu toutes ses tendresses d'enfant.

Plusieurs riches mariages s'étaient présentés à lui, et n'y entrevoyant sans doute pas la réalisation du bonheur qu'il avait rêvé, il les avait refusés. Le mariage transformé de nos jours en association mercantile, devait être selon lui une spéculation, mais seulement au point de vue de la félicité.

— Naissance, beauté, fortune, tout ce qui éblouit enfin dans le monde, disait-il une fois à Madeleine, seront sans influence sur mon choix. Je n'ai point, nouveau Pygmalion, taillé dans le marbre la femme que je veux aimer, je l'ai jetée lentement dans le creuset de ma pensée, je lui ai donné les perfections du corps et de l'âme, je l'ai animée, je la vois, je l'entends, elle existe quelque part, mais je ne la rencontrerai sans doute jamais, et j'ai bien peur, ma mère, ajoutait-il en souriant, que ton fils ne soit condamné à mourir garçon.

— Je ne puis te blâmer de penser de la sorte, répondit Madeleine, et je prierai Dieu pour qu'il nous envoie bientôt un enfant de plus.

La jeune fille qui était apparue à Amaury dans la pauvre chambre de madame Debray, entourée des trois orphelins, était la transfiguration miraculeuse de ses rêves; le fantôme créé par son imagination venait de prendre tout à coup une voix, une forme, — la vie!

Le lendemain, il frappait chez la pauvre veuve à l'heure où la jeune fille s'était offerte la veille à ses regards.

Elle n'y était point.

Une semaine s'écoula sans qu'il la revît,

et son souvenir était présent sans cesse à sa pensée. Un soir, au moment où il se disposait à entrer dans l'hôtel de Rieux, une voiture en sortait. La duchesse était dans cette voiture, et à côté d'elle, la jeune fille de la chambre de madame Debray, l'ange consolateur des trois orphelins. Le cœur d'Amaury battit bien fort. Il revint sur ses pas, et il suivit la voiture jusqu'à ce qu'elle eut disparu.

Deux ou trois jours plus tard, il retrouvait cette même jeune fille que M. de Rieux lui présentait comme sa parente et son enfant. L'étonnement et la joie le rendirent muet un moment. Mademoiselle d'Hauterive l'avait reconnu, et son trouble s'était trahi par une rougeur subite.

Timide comme tous ceux qui aiment saintement, Amaury à peine revenu de cette première surprise de son cœur, fut épouvanté de son amour, et il résolut de se dérober par une retraite prudente au charme dangereux qui l'attirait vers Marie.

Pendant quelque temps il cessa de paraître à l'hôtel de Rieux, puis bientôt, entraîné chez le duc par sa passion que l'absence avait doublée, il devint un de ses hôtes les plus assidus. Cependant il ne s'était pas avoué vaincu sans avoir lutté. Chaque jour il s'accusait encore de faiblesse, il se révoltait courageusement contre lui-même, et le lendemain détruisant ses sages résolutions de la veille le ramenait auprès de mademoiselle d'Hauterive.

Cet amour était tout à la fois le bonheur et le tourment de sa vie. La raison, ses principes politiques, l'illustre naissance de la jeune fille qu'il aimait, ses liens de parenté avec le duc de Rieux, zélé partisan du gouvernement nouveau, lui montraient impérieusement son devoir, lui commandaient l'oubli, et un regard, une parole, un sourire, un silence de Marie lui rendaient ce sacrifice impossible.

Mademoiselle d'Hauterive n'avait pas tardé à remarquer l'adoration craintive encore dont l'entourait le jeune député, et cet amour qui s'offrait à elle sous les dehors d'un intérêt fervent, d'une tendre sympathie, avait doucement touché son cœur. Captivée peu à peu par le langage passionné d'Amaury, elle s'était abandonnée naïvement au sentiment délicieux qu'il avait fait naître en son âme. Sa bouche cependant n'avait pas murmuré l'ineffable aveu qu'il implorait, mais ses yeux voilés, mais les pudiques couleurs qui montaient à ses joues brûlantes, tout enfin jusqu'à ses refus, prouvait au jeune homme que sa tendresse était partagée.

La pureté de Marie, son affection pour sa seconde mère et la loyauté chevaleresque d'Amaury ne devaient pas laisser plus long-temps leur amour ignoré de la duchesse. Cette révélation inattendue affligea profondément Fernande. Elle entrevit dans l'orgueil de son mari un insurmontable obstacle au bonheur de son enfant d'adoption. Toutefois, elle lui promit de tout mettre en œuvre pour triompher de sa résistance. Confiants dans l'appui de la duchesse de Rieux, mademoiselle d'Hauterive et Amâury firent éclater leur joie et leur reconnaissance par les plus vifs transports.

Un événement survint qui brisa toutes leurs espérances.

Le duc reçut le lendemain de cet aveu une lettre qui le mandait sur-le-champ aux Tuileries.

XXIV.

Un Nuage au Ciel.

Le lendemain le jeune député et mademoiselle d'Hauterive étaient auprès de la duchesse lorsqu'on vint l'avertir du retour de son mari. Fernande se leva, sourit tristement aux jeunes gens, et s'en fut à l'appartement du duc. Sur le point d'entrer, elle sentit son courage faillir. Se rappelant bientôt que de cette entrevue allait dépendre le bonheur ou le malheur de sa nièce, elle s'arma de cette héroïque fermeté qu'on ne trouve qu'à l'heure des suprêmes dangers.

Le duc était assis, le bras droit accoudé sur son fauteuil. La méditation qui l'absorbait était si profonde qu'il ne vit point et n'entendit point la duchesse. Elle s'approcha. Il leva la tête. Elle avança un siége et se plaça à côté de lui.

— Monsieur le duc,... lui dit-elle.

— Vous savez ce qui m'arrive, interrompit son mari, dans huit jours, madame, je serai ministre de l'intérieur.

— Ministre !..... dit-elle en changeant de couleur tout à coup.

— Oui ; madame, le roi a bien voulu jeter les yeux sur moi pour m'élever à ce poste éminent.

— Et vous avez accepté? reprit Fernande d'une voix que l'émotion rendait tremblante.

— J'ai accepté, madame.

La duchesse sentit ses genoux ployer sous elle.

Puis bientôt dominant sa douleur, et sous l'inspiration de sa tendresse pour Marie, elle dit au duc :

— Mais vous n'avez pas songé aux ennuis, aux mécomptes, aux haines, aux luttes qui vous attendent dans cette dignité nouvelle? Si vous étiez plus jeune, monsieur, je n'essaierais pas de vous détourner de cette résolution, mais vous avez cinquante-cinq ans! vous êtes heureux, vous êtes tranquille, c'est le sacrifice de votre repos, de votre bonheur qu'on vous demande... Ah! monsieur le duc, continua-t-elle, l'attrait qui environne les grandeurs est donc bien irrésistible que vous n'ayez pas refusé le titre qu'on vous a offert? Monsieur, mon ami, au nom de votre tranquillité, au nom de votre affection pour moi, réfléchissez encore, ne vous jetez pas en aveugle dans cette route ténébreuse du pouvoir, et s'il en est temps...

— J'ai accepté, madame, répondit d'un ton glacé le duc.

Le secret de Fernande l'étouffait. Les noms de mademoiselle d'Hauterive et d'Amaury brûlaient ses lèvres, elle n'osa point risquer une partie aux trois quarts perdue sur un coup de dés, et elle renfonça dans son cœur désespéré leurs noms prêts à sortir de sa bouche.

Puis elle se leva et se retira sans prononcer un mot.

Amaury et la jeune fille l'attendaient avec anxiété.

— Eh bien! dirent-ils ensemble.

— Ma pauvre enfant! murmura la duchesse en ouvrant les bras à sa nièce.

Et elle lui apprit quelles fatales circonstances la séparaient éternellement peut-être de celui qu'elle aimait.

— Adieu, Marie, dit le jeune député à mademoiselle d'Hauterive, adieu, car le mandat que j'ai accepté m'ordonne de ne plus vous revoir maintenant, adieu.

Marie courba silencieusement la tête.

Sur le visage de la duchesse se lisait l'expression de la plus vive douleur.

Amaury en sortant du salon de la duchesse rencontra le duc qui venait rejoindre sa femme.

— Eh bien! mon cher Morin, lui dit M. de Rieux, nous voilà devenus ennemis, dans huit jours je serai ministre.

— Oui, monsieur le duc, répondit Amaury, mais nous serons de loyaux ennemis. A bientôt donc sur notre champ de bataille à nous, à la tribune!

— Avant de nous séparer, reprit M. de Rieux

d'un accent plein de mélancolie et de noblesse, votre main une dernière fois, Morin.

Amaury mit sa main dans celle du duc qui frissonna involontairement comme par une commotion électrique.

— Adieu maintenant, monsieur Morin, lui dit-il d'une voix ferme, et dans huit jours à la tribune!

Une heure plus tard, le duc recevait une lettre datée d'Islington conçue en ces termes :

« Monsieur le duc, »

« Je suis parvenu après de longues investi-
« gations à découvrir que Madeleine Duval a
« quitté Londres avec son fils, il y a trente
« ans, en compagnie d'un étranger dont je
« n'ai pu savoir le nom. Ils sont allés au
« Brésil. Demain je quitterai l'Angleterre et
« ferai voile pour Goyaz. »

« Votre respectueux »

« Jean Dupuis. »

— Oh ! rends-moi mon enfant, mon Dieu, murmura le duc de Rieux après avoir lu cette lettre, rends-le moi, et j'oublierai tout ce que j'ai souffert.

FIN DU TOME PREMIER.

Neufchâteau, imprimerie de veuve De Mongeot.

www.ingramcontent.com/pod-product-compliance
Lightning Source LLC
Chambersburg PA
CBHW072109020726
47501CB00003B/772
9782019554873